衛斯理小說典藏版 52

謎蹤

衛斯理
親自演繹衛斯理
《謎蹤》

新之又新的序言，最新的

衛斯理小說從第一次出版至今，歷時已近半世紀，總共出了多少正版，還能計得清，若是連盜版一起算，那就算找外星人來算，也算勿清楚哉！不知能不能也算世界紀錄。

算得清好，算勿清也好，能幾十年來不斷出新版，說明不斷有讀者加入，對作者來說，沒有更值得高興的事了，謝謝所有喜歡衛斯理的人，謝謝謝謝。

倪匡

二〇二〇年六月四日 香港

幾句話

寫了四十多年小說，論者將拙作分為三個時期：早、中、晚。在明窗出版的一批，屬於早期和中期的上半。三個時期的創作風格有相當程度的不同，所以風評不一。本人並無偏愛，但讀友對早期的作品，頗有好評，大抵是由於在早、中期作品之中，主要人物精力充沛，活力無窮，所以使故事曲折多變，小說也就格外吸引。明窗出版社此次重新出版這批作品，正好讓大家來證明這一點。

四十餘年來，新舊讀友不絕，若因此而能有新讀友，不亦快哉！

倪匡

二〇〇五年十一月六日

序言

這個故事，在衛斯理故事中十分奇特，那是尋求題材上突破的結果，效果是好是壞，還是要靠廣大讀者來決定。

在衛斯理故事中，以前也有若干類似的突破，如《奇玉》，如《湖水》，而寫特務間諜活動的，以前有《蜂雲》，不過都不如這個故事來得深刻，這個故事之中，特務間諜，為了達到目的，敵化為友，友化為敵，上級出賣下級，下級隱瞞上級，都在手段上無所不用其極，表現了人性醜惡的一面。故事上一開始巧妙之極，到結局，大大發揮了一番「安排」論，很有點無可奈何的情緒，生活經驗豐富了，可以體驗到太多安排的事實——有時，不一定是精心的安排，只不過是一個極偶然的安排，就可以改變了一個人或許多人畢生的命運，真是可怕之極。

至於最後，天大的秘密，變成一文不值，時光淘汰了一切——浪淘盡千古風流人物……古今多少事，都付笑談中！所以最後一章，叫「俱往矣！」。

衛斯理（倪匡）

一九八七年六月二日

目錄

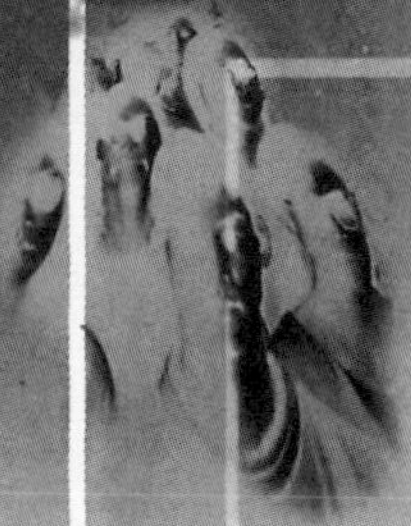

第一部

十年不見故人重逢

水，在溫度低到一定程度時，變成固體，叫冰。

水，在溫度高到一定程度時，變成氣體，叫水蒸氣。

能使水成冰的溫度，叫冰點，定為攝氏零度。

水是地球上最普通的物質，但也最不尋常。只有水，物質存在的三態，可以較易變換，人人一生之中，可以見不知多少次，其餘物質的三態：固體、液體和氣體，就沒有那麼易見。見過液態氧的人已經不多，遑論固態氧。見過鐵水的人多，誰見過氣態的鐵？

水還有一個奇怪的現象，是和地球上所有其他物質不同——別的東西，熱漲、冷縮。水，標準體積是在攝氏四度，低於四度，它反倒體積增大，這簡直違反了物質規律的天條。

水……

以上有關水的一切，屬於小學生的知識範圍，事實也的確如此，巴圖聽到一個女老師在說那番話，聆聽的是十七八個小學生。

地點是在芬蘭的首都，赫爾辛基附近，那裏正舉行一個規模不算太大的國際性冰上運動會，在選手村外，巴圖遇上了一位女教師，帶着一群小學生，多半準備去參觀選手村。

大人小孩全穿得十分臃腫——氣溫是攝氏零下十五度，由於個個戴着帽子，所以也分不出是男孩女孩，個個臉頰都紅撲撲地，北歐人的皮膚，本來就白皙，孩子尤甚，又紅又白的臉，帶着崇敬的眼光，仰着，看着女教師，女教師冒着嚴寒，一開口，口中就有陣陣白霧噴出來，在向孩子灌輸知識。

這種情景，相當動人，所以巴圖不由自主，和他們愈走愈近，還和女教師打了一個招呼。

那女教師身形很高，年紀極輕，看來她自己也才從學校出來不久，淺藍色的眼珠，映着積雪，閃耀一種奇異的光芒，看來很美麗。

一個小孩子舉起手來，大聲道：「我還知道，水的比重恰好是一。」

在一旁的巴圖一聽，不禁發出了一下笑聲，女教師溫和地，但帶點譴責性地瞪了他一眼，卻又立時使目光變為讚許，望向那孩子：「彼德，你真聰明。不過，水的比重是一，並不是它『恰好是』，而是人為的，科學家用水作標準，訂定各種物質的比重。」

巴圖暗中吐了吐舌頭，對那位女教師生出了尊敬的意念。

女教師仍然在叙述着有關水、冰的常識。

水變成了冰，就成了固體。

冰可以保存東西，在北極的冰原上，有幾百萬年長毛野象的屍體，埋在冰中，還保持新鮮，這種長毛象，有一個專門名稱，叫：猛瑪。

小孩子聽得十分入神，他們果然是去參觀選手村的，巴圖一直跟着他們到了選手村的大門口，女教師在和警衛説話，巴圖和小孩子一個個揮手，才再去做他自己本來要做的事。

巴圖雖然年紀不小，說他是「中年人」，已經十分寬容，可是他非但童心未泯，而且也絕難在外表上看出他的真實年齡來。

只有真正具有童心的人，才能在外表上看來不那麼衰老，因為有許多表情，只會出現在小孩子的臉上，偶然出現於成年人，自然可以使成年人看來童稚天真。

巴圖和那群孩子分手時，依依不捨，走出不多久，又回頭來看，看到女教師已完成了交涉，順利地帶着孩子，進了選手村。

巴圖——

且慢，說了半天，巴圖，哪個巴圖？

要好好想一想，是不是？其實也不必怎麼想：巴圖，就是那個巴圖。

在《紅月亮》和《換頭記》中，和我出死入生，一起對付異星怪客和極權特務的那個巴圖。

在經過了可怕的、詭異的《換頭記》之後，好多年，他音訊全無。我曾多方打聽他的下落，不得要領。本來，要找他應該不是困難的事，他是一個大國的「異種情報處理局」的副局長。

可是，當和他分手不到幾個月，想和他聯絡時，不但找不到他，連這個名稱古怪的機構也撤銷了。

機構雖然撤銷，人總有去處的，可是不論怎麼問，除了「不知道」，就是「無可奉告」。巴圖有兩個助手，都調到了別的政府部門，也取得了聯絡，可是他們也不知道巴圖去了何處。

有一個時期，為了找尋巴圖的下落，我花費了不少心力——我和他，在茫茫人海之中，相逢於夏威夷，氣味相投，共同歷險，他莫名其妙，不知所終，我自然費盡一切力量去找他。

後來，我終於放棄了，是因為最後，我找到了小納爾遜，小納爾遜是那個大國的太空署負責人，也和情報機構有聯繫，又通過小納，見到了一個美麗出眾、外號「烈性炸藥」的女上校，她是北大西洋公約組織國的高級情報官。

據黛娜女上校說：「我在兩年前，見過巴圖先生一次。那次，我的上司，外號『水銀』——是說他的情報工作如水銀瀉地那樣成功的意思——召見，派給我一個任務，當時，在水銀將軍的辦公室中，就有一個十分不起眼的中年人在。」

我點了點頭：「是，巴圖的樣子看來很普通。」

身形異常高大的黛娜上校揮着手臂：「那次任務十分機密，可是水銀將軍一點也沒有要他迴避的意思，我心中奇怪，不免向他多望了幾眼，將軍看出來了，笑着說：『這位巴圖先生，我參加情報工作，是他帶出來的。』」

女上校深深吸了一口氣，本來就豐滿的身材，看起來更是誇張。

（我有一個朋友，羅開，外號「亞洲之鷹」，和這位女上校的關係，十分不尋常。不過那次會面，誰也沒有提起羅開。純粹是小納在一個偶然的機會中，知道她曾見過巴圖，而我又正傾全力在找他，所以才安排我和她見面，聽她說見巴圖的情形。）

女上校道：「當時我嚇得一聲也不敢出，水銀將軍在情報工作的地位，盡人皆知，可是那個叫巴圖的中年人，竟然是他的師父。這真有點不可思議，所以，我也就記住了這個人的樣子。」

我「呵呵」笑了起來：「他的樣子可以千變萬化，你記住了，只怕也沒有什麼用。」

女上校有點沮喪：「是啊，自那次之後，我再也沒有見過他。」

簡短的會面，至此結束，小納的結論是：「你看，他既然會在水銀將軍的辦公室出現，可知他又重投入了秘密的情報工作，難怪所有方面對他的下落，諱莫如深，你也不必再找他了，有事，他自然會找你。」

小納的話算是有理，可是我還有點不死心，又央求他約我和那位水銀將軍見一次。小納無可奈何地答應，唉，那次見面，不愉快之至，水銀將軍從頭到尾，愛理不理，一口一個「不知道」，結果什麼也沒有打聽到，鬧了個不歡而散。

我當然只好接受小納的推論，當巴圖有緊急、重要的神秘任務在執行，所以不能和外界聯絡。

可是一晃多年，他一點信息也沒有，這總令我暗中起疑。但仍和以前一樣，怎麼也打聽不到他的消息。

這個故事，一開始就記述了巴圖在芬蘭，遇見了一個女教師帶着十七八個小學生去參觀一個冬季運動會的選手村，看來平淡之極，但實際上，卻對整個故事，極其重要。

如果不是巴圖也曾見過那女教師和那些小學生，那麼，以後發生的事，雖然神秘莫測，但最大的可能是不了了之。再也不會有人鍥而不捨地去追尋真相。

將近十年，音訊全無的故人，突然出現在眼前，自然令人高興之極。

那是一個陽光和暖的早春下午，門鈴響，開門，看到巴圖，一時之間，我幾乎不相信自己眼睛，又以為時光倒流了十年。

因為，他和上次我和他分手時，簡直完全一樣，仍然是那個樣子，雙目深邃，皮膚黝黑。我們先互相凝望了對方十來秒鐘，然後，各自大叫一聲，互相擁抱，並且用力拍着對方的背脊——儘管有很多人認為這種見面禮節十分難以接受，但我一直認為這樣子，才能表達雙方心中，都多麼渴望見到對方。

由於要說的話太多，所以一時之間，竟不知說什麼才好，我生怕他再「突然消失」，拉住了他的手，把他拉進了屋子，關上門，才吁了一口氣：「好了，你說，你在搗什麼鬼？」

他並沒有回答，而且一點也沒有想回答的意思，目光銳利地四周打量着，來到了放酒的櫃子前，發出了一連串歡呼聲，然後，自動揀酒、斟酒，大口喝着，我自顧自坐了下來，心中倒也並不發急，因為他在十年之後，突然又出現，我自然可以知道他在過去的十年中，有什麼稀奇古怪的遭遇。

看他老沒有開口的意思，我道：「給我一杯酒。」

他反手將整瓶酒向我拋了過來，提着兩隻酒杯，向我走來。我接住了酒，等他在我對面坐定，才道：「我曾用盡可能找你，究竟是怎麼一回事？」

巴圖沉默了片刻，顯得十分嚴肅，可是他仍然沒有回答，只是用力揮了一下手，用動作來表示他不想回答。我有點冒火，悶哼了一聲，他忽然道：「有一件相當奇怪的事情——」

我喝着酒，欠了欠身子，同樣的話，出自陳長青或溫寶裕的口中，可能那件事一點也不怪，只是他們自己大驚小怪。

但出自巴圖的口中，自然不大相同，所以我作了一個手勢，表示請他說，我也一定用心聽。

於是，巴圖便十分詳細地敘述，不讓我有發問的機會，每當我想打斷他的話題時，他就堅決表示要先讓他講下去。他講的，就是一開始記載的那件事。

我好不容易等他講到告一段落，想作些反應，但由於實在生氣，所以除了翻眼睛之外，沒有別的可做。

他卻一本正經，在等我的反響，隔了一會，我才道：「你到芬蘭去幹什麼？你一直在芬蘭？」

他反倒不滿意起來：「別打岔，聽我再說這件怪事的發展。」

我揚了揚手：「這件事，看來很難演變為什麼怪事，除非那個女教師，帶了十七八個小孩子，進了選手村之後，再也沒有出來。」

巴圖的雙眼之中，陡然閃耀着一種異樣的光芒，身子也挺了一挺，那令我嚇了一跳，看這情形，竟像是叫我胡亂一猜，就猜中了。

我不禁驚訝地張大口，盯着他，他過了好一會，才緩緩吁出了一口氣來：「不，他們進去之後，參觀了大約兩小時左右，和村裏的許多選手見過面，見過他們的選手，一共有一百六十三個，連門口的警衛，見過他們的人，一共是一百六十五人。」

我聽得有點發怔，知道一定有不尋常的事發生。

不然，小學教師帶小學生參觀一個所在，這種再平常不過的事，怎可能在事後有那麼精確的統計，曾有多少人見過他們。

我吸了一口氣，耐性子等他說下去。

巴圖的視線移向酒杯，專注在琥珀色的酒上，輕輕晃着杯子：「對他們印象最深刻的，是一位丹麥的花式滑冰選手——」

選手村的建築劃一，格局相同，設備完善，那位丹麥選手在暖氣開放、室內溫度超過攝氏二十度的情形下，正只穿着內褲，躺在牀上，看性感美女的畫報，忽然門被推開，他定睛一看，看到一個分明是小學老師的年輕美女，帶着一群小孩子，盯着他，把他當作什麼怪物來參觀，他的狼狽尷尬，可想而知。

當時，據陪着參觀隊來的管理人員說：「選手先生不但臉紅，簡直全身都發紅，紅得像一只烤熟了的龍蝦，事後他大大不滿，和我吵了一架。」

那位丹麥選手則狠狠地道：「不是為了打人要被罰不准出賽，我要揍那管理員，太捉弄人了，尤其那教師，她那麼漂亮。」

這一點，管理員和選手先生意見一致：「真漂亮，一進來，脱掉了外面穿着的厚厚的禦寒衣服，裏面的服裝，看來十分古老，可是典雅之極，正好適合她的身分和臉型，所以，當她要求自由參觀，我……無法拒絕，誰知道選手先生會這樣在房間裏。」

選手先生吼叫：「我在我自己的房間中，沒有赤身露體，已經算運氣好的了。」

巴圖的敘述，詳細之極，我相信他一定曾和那管理員和選手先生當面交談過，因為兩方說話的語氣，他學來都維妙維肖。

我找到機會，打斷了他的話頭。和他繁瑣之極的敘述相反，我簡單地問「為什麼？」

「為什麼」三個字，這時可以包含許多意思：為什麼要告訴我這些？為什麼要說得那麼詳細？為什麼說這是一件怪事，等等。

巴圖伸手在臉上用力撫摸了一下：「為了要證明確然曾有這些事發生過。」

我想追問一句：「誰對這些事曾發生過表示懷疑，為什麼？」

可是我只是想了一想，並沒有問出來。

在巴圖嚴肅的神情上，我已看出，事情一定真正極其怪異——很多怪異之極的事，一開始都平淡無奇，但如果不從頭說起，卻又難以明白，所以我決定不去催他，至多在節骨眼兒上，問他問題。

他望着我，我示意他可以繼續說下去了，他才繼續。

小型參觀團——女教師和十七八個小學生（正確的數字多少，一直沒有人知道），離開選手村，是上午十一時左右。

（巴圖這句話，當時聽了，我就覺得有點不合理，後來我抓住了不合理處，向他責問，一問，問出了更怪不可言的事來。）

離開之後，他們在選手村外的飯堂進食，一群天真可愛的小孩，一個美麗的女教師，引起了普遍的注意，見到他們，和他們講過話的人更多，一共有兩百二十七個。

（又是那麼精確的統計數字，使人聽了，隱隱生出一股寒意，因為不知道究竟後來發生了什麼事，才需要有如此精確的統計。）

這是任何稍有推理能力的人都能猜想到的事，我緩緩吸了一口氣，要發生的事，當然已經發生了，只好希望事情雖然不尋常，但不要太悲慘。

他們離開了食堂，喧鬧着，笑聲傳出老遠，凡是看到他們的，都沾染到他們的歡樂，他們登上了一輛旅遊車——設備齊全，相當舒適的那種，隸屬於赫爾辛基北郊的一家客車出租公司。

客車司機是一個金髮小伙子，他接受公司的分派，在指定的地點：公路旁的一個候車站上，接載了這批可愛的乘客。在後來的變故沒有發生之前，他把這次任務，當作是愉快之極的旅行。

他說得好：「那麼可愛的孩子，還有那麼可愛的教師，唉，真該死，我把太多的注意力放在女教師身上，竟沒有注意到究竟有多少孩子，二十個左右吧，我猜。一般來說，那不是司機的責任，除非司機被要求特別協助。登車的時候，正當清晨，氣溫極低，那美麗的女教師在上車之前，就要求我熄掉車中的暖氣。」

這種要求不是很合理，司機瞪大眼，不是很明白，望定了女教師。

女教師現出要求的、但是也堅持的神情：「孩子們和我，都穿了足夠的禦寒衣服，在車上的時間不長，要照顧那麼多孩子脱外衣穿外衣，會耽擱很多時間。」

司機笑，指着自己：「要是我沒有足夠的衣服呢？」

女教師笑靨如花，那種笑容，別說她提出的要求只是熄掉暖氣，就算再嚴重些，司機也不會拒絕，她道：「你一定有的。」

司機舉起雙手，作投降狀，一面拉過厚外衣穿上，一面熄了暖氣。

女教師先讓孩子上車，她最後才登車，司機並沒有十分留意他們的厚外衣的樣子。

那和所有人的說法一樣：「目見的是禦寒的外衣，幾乎全一樣，沒有什麼特徵。」

這個司機，送他們在選手村外不遠處下車，他們列隊步行往選手村，巴圖就是在那時見到他們的。

離開食堂之後，他們仍然登上了原來的車子，車子的租約是一整天，他們還要去參觀運動會，然後，預算下午五時回程，七時到達早上接載他們的地點。

他們去參觀的，是一項滑雪比賽，那是一處滑雪勝地，有一條公路，可以通向場地。

在夏天，除了這條公路之外，還有一些田野小路，或是穿過幾座森林前去的近路，但一到下了雪，積雪會把所有小路封住，沒有人走小路，那條公路是唯一的來回通道。

旅遊車由那條公路去，公路上來往車輛，由於運動會正在進行，所以十分擠擁，車行甚緩，但是他們的車中，卻一點也不寂寞，女教師盡責之極，不住向孩子們灌輸常識，孩子們也提出各種有趣的問題，有時，逗得司機哈哈大笑。

例如，女教師提到冰，冰山的形成，一個女孩子就一本正經道：「要是能把冰山挖空，在冰山內部，順海水漂流，又安全，又可以觀看海景，那多麼好。」

女教師也笑：「真是好，安芝真是聰明。」

（女教師喜歡稱讚孩子聰明，至少有兩個孩子的名字在她的口中提及，彼德和安芝。）

在到場地之前，有劃分出來的停車區。自然人人都想把車子停得盡量靠近運動場地，可以減少步行的距離，但倒也秩序井然，並無爭執。

由於是小孩，受到特別優待，旅遊車可以停進本來只准選手停車的場地，只要走上兩百公尺，就可以到達觀看滑雪比賽的場地。

下車之後，孩子們列隊站好，女教師吩咐他們取出雪鏡來戴上，她還一一為孩子檢查，然後自己也戴上。

在雪地上，黑眼鏡可防止由過強的光線刺激眼睛而引起的雪盲。

司機和他們揮着手，他們列隊向場地走去，轉過了山角，看不見了。

觀看滑雪比賽，和看其他運動比賽不同，因為選手要自山頭上滑下來，經過許多地方，觀眾不可能集中在一個看台上，全是分散的，東一堆西一堆，有時一個人遠遠站着，彼此之間，不會太注意。

而且，穿上厚衣服，戴上帽子、雪鏡之後，人人看起來都差不多，整個山坡上，孩子也為數不少，所以他們在進入比賽場地之後，竟沒有人注意他們。

而在停車場看到他們列隊離去的一些人，一共是二十八個，包括選手、司機等人，是最後看到他們的人。

我一聽到「最後見到他們的人」，雖然明知一定有不尋常的事發生在他們的身上，但心也向下一沉：「他們……他們失蹤了？」

第二部

根本沒有失蹤者的失蹤事件

我這樣問，自然再合邏輯也沒有——離開停車場之後，再也沒有人見過他們，那麼，他們，包括一名美麗的女教師和將近二十個男女小學生，自然是失蹤了。

巴圖的回答，答案除了「是」之外，不可能是別的。

可是，巴圖卻像是十分難以回答，他沉吟着，又向我望來，大有求助之色，然後才道：「可以……說是……他們……一直到如今，沒有再出現過。」

我用力一揮手：「那就是失蹤了。」

巴圖卻又用力搖着頭。

我懶得和他爭辯：「多久了？」

巴圖的聲音十分疲倦：「二十天。」

我把他所說的經過，想了一遍，他的叙述，詳細之極，看起來，天氣沒有突變，不可能有什麼意外，若說人為失蹤，再瘋狂的恐怖分子，也不會擄劫一群小學生，就算有這種行為，也必然為人所知，不可能是無聲無息的失蹤。

我忙又問：「接下來的情形怎樣，你再說說。」

巴圖道：「誰也料不到會有什麼意外發生，風和日麗，一切正常，司機回到了車上，聽賽果打發時間——」

司機一直在聽收音機，知道每一項比賽的詳細情形，但是他卻有點心不在焉，女教師俏麗的倩影，老在他眼前晃來晃去，他在倒後鏡中看看自己，挺英俊的小伙子，於是他決定回程時，主動提出，把每一個孩子送回家去，然後，教師當然在最後，就可以趁機約她去晚餐，如一切電影中的對白一樣：我知道有一家十分好的中國館子……

然而，比賽項目完了，停車場的車子愈來愈少，到最後是剩下了他孤零零的一輛，天色早已黑了，還不見女教師和孩子們出現。

司機知道有點不對頭了，他先向停車場的管理員說起了這種情形，然後，他奔跑着，向進行滑雪比賽的山坡奔過去。

那時，和日間的熱鬧情景，大不相同，山坡上積雪皚皚，但已經沒有什麼人，司機大聲叫着，他的叫聲和回聲，至少可以傳出三公里。

一小時之後，警方人員趕到，直升機也出動，司機一直在現場，搜索工作由小規模而迅速擴展，到午夜之後，通過傳播媒介的報道，全市為之轟動，義務搜索隊紛紛趕到現場。

巴圖在淩晨時分，自電視的特別新聞報道之中，得知了這項集體失蹤的消息，也由電視的熒光屏上，看到了搜索隊在現場進行工作的情形，看到那麼多交叉照射的強光燈，那麼多人，至少有三架直升機在上空盤旋，他感到，別說失蹤的是將近二十個人，就算是二十枚針，也應該找出來了！

而正由於這樣，也使他感到事情實在太不尋常，那不是正常的失蹤，因為天氣良好，沒有雪崩，也沒有任何遭綁架的迹象，那是「神秘的失蹤」。

關於「神秘的失蹤」，巴圖自然絕不陌生。多年之前，我和他在夏威夷相遇，說得投機，話題就是由種種神秘事件開始，而巴圖對歷史上曾發生過的神秘失蹤事件，資料搜集詳盡無比，隨口可以數出來。從十九世紀末整隊英國士兵在澳洲失蹤，到二十世紀六十年代泰國商人在馬來半島金馬倫高原失蹤；從百慕達三角的船隻和飛機的消失，到若干千年之前，整個瑪亞民族的不見。

他一直深信有一種不為人類所知的神秘力量，是神秘失蹤的主要原因，但苦於無論如何設想，似乎都不得要領。

他想到了「神秘失蹤」，就知道循正常途徑去搜尋，一定不會有結果。

所以，他已經決定，他在天明之後，要到現場好好去察看一下。

他見過那年輕女教師，也見過十七八個兒童，那麼可愛的一群人，總不能聽憑他們無緣無故失蹤。

當他說到這裏的時候，我曾經問他幾個問題，有的和「神秘失蹤」有關，有的無關。問和答的情形如下：

問：老天，你究竟在芬蘭幹什麼？

答：有……點事。

問：有什麼事？這十年來，你一直在芬蘭？你鬼頭鬼腦，究竟在幹什麼？

答：……這……我現在是向你敘述神秘事件，你別打岔！

問：那麼多人在找都找不到，就算你到現場去，一樣找不到。

答：總得去看看，可是……後來事情發展，出人意料之外。

問：又有什麼變化？

答：你不打岔，我已經說到了。

（注意到了沒有，不論我正面問，還是旁敲側擊，或是出其不意，只要問題一問到他在芬蘭幹什麼，他都支吾不答，有意規避。）

（巴圖神秘，這一點我早就知道。但是他絕不應該在我面前保持神秘！）

（他在我面前都那麼神秘萬分，這證明這十多年來，他的遭遇，一定神秘得超乎想像之外，那令我心癢難熬，而他又不肯說，是以不滿之情，誰都可以看得出。）

（要不是他說的神秘失蹤，也很吸引人注意，我說不定會下逐客令！）

巴圖在想到要去參加搜索工作時，自然還不知道如何進行才好，他思索着歷史上曾發生過的神秘失蹤事件，看看是不是有相同之處。

實際上，所有神秘失蹤事件，幾乎都有一樣——都是一些人，突然消失，從此無影無蹤，再也未曾出現過，巴圖感到十分沮喪。

他說到這裏，我由於對他保留過去十年的秘密一事，覺得不滿，所以故意打岔——而且，我也想到了一點，捕捉到了他叙述中的一個大漏洞，而有了個結論，那更令得我在剎那之間，怒氣沖天，大叫：「住口！」

巴圖果然停了口，愕然望向我，我直指着他：「你這人真有趣之極，十年不見，神秘兮兮，不知在幹什麼？」

巴圖的口唇掀動了幾下，終於未曾發出聲音來。

我又大聲道：「忽然出現，卻編了一個故事來消遣我！你有什麼目的？考驗我的智力，還是覺得欺騙老朋友也是快樂？」

巴圖眨着眼，一副莫名其妙的樣子：「你這樣指摘我，有什麼根據？」

我來回踱步，揮着手，姿勢神態一如大演講家：「你說，一個女老師和若干小學生，神秘失蹤了？」

巴圖一面眨眼，一面點頭。

我冷笑了兩聲——相當誇張：「可是你又曾說，一直不知道小學生的人數是多少，這是你捏造事實中的一個大漏洞！」

巴圖的神情，本來有相當程度的緊張；他自然看出我的指摘，來勢洶洶，對他十分不滿。可是我舉出了他捏造事實的鐵證之後，他反而鬆了一口氣，不屑地揮了一下手：「你，總喜歡自以為是！」

他的這種指摘，令得我沒有暴跳如雷，也難免漲紅了臉，氣得說不出話來。

我舉的證據，可以說是「鐵證」！

一群小學生失蹤，是一樁大事，怎會一直不知道小學生的人數？就是當時沒有人注意，事後一統計，立刻就可以知道！

巴圖的敘述之中，有這樣的大漏洞，經我指出，他居然臉不紅，氣不喘，也就夠厚臉皮的了，竟然還敢說我「自以為是」，那簡直卑鄙了。

我瞪着他的神情，多半不是很友善，所以他連連揮手：「別衝動，聽我說下去，你一定會明白的。」

我本來已想狠狠的罵他幾句，聽得他這樣說，才把要罵他的話，化成一陣含糊不清的「咕咕」聲。

巴圖呼了一口氣，又喝了一口酒：「就是事情還有進一步的神秘，所以我才來找你，若是一宗『神秘失蹤』，世上這種例子很多，何必來麻煩你？」

他這句話，倒十分中聽（人總愛聽好話），我笑了一下，心中在想：還會有什麼進一步的神秘？想不出來，自然難以發表意見，只好聽他講下去。

巴圖在他的住所中，一直留意電視新聞，這是大新聞，每隔十五分鐘，就有一次特別報道。

到了淩晨二時，事情卻有了意外的發展，新聞報告員現出了啼笑皆非的神情：「女教師和小學生失蹤事件，證明子虛烏有，根本不曾發生過，警方人員已在展開調查，是誰首先虛報假案，驚動了各位市民，本台謹致歉意。而在失蹤現場，志願搜索者，冒着零下二十度低溫，義務搜索，全國民眾，都該向他們致敬意。」

接着，熒光屏上又映出了現場的情形。分明「根本沒有失蹤發生」的消息，已經傳開，所以搜索人員都已紛紛離去。

巴圖注意到，有許多人的臉上，都帶着極度疑惑的神情。巴圖自己也十分疑惑，一時之間，不知道發生了什麼事。

照新聞報告的說法：根本沒有失蹤事件，那就是說，是誤會，女教師和小學生未曾失蹤。那麼，他們在哪裏？應該立即拍攝他們才是！

電視畫面又轉到停車場，許多記者圍着一個金髮小伙子在採訪——那個旅遊車的司機，但是更多的警方人員，則企圖把司機帶走，司機的神態十分激動，記者和警方人員，也十分衝動，大大違反了平時芬蘭人的友善有禮，看來會有一場混亂。

在畫面結束之前，只聽得那司機在叫嚷：「明明那麼多人不見了，怎麼說根本沒有失蹤？」

一個高級警官也在吼叫：「沒有失蹤，就是沒有失蹤，你是個瘋子！」

畫面到這裏中止，可能是由於電視台記者，也受到了警方人員干涉的結果。

巴圖知道事情有了變化，他扭開了收音機，收音機正在報道這件事，比電視台還要詳細。電台記者顯然也在現場，可能離得比較遠，聲音急促：「現場混亂之極，接載失蹤人士前來的旅遊車司機，打倒了兩個警員，叫嚷着要繼續搜索，也有人支持他，說曾見過失蹤者離開他的車子……可是警方堅持並無失蹤事件——」

巴圖轉述到這裏，又停了一停，向我望來。

我聽得莫名其妙：「什麼意思？那有什麼好爭執的？那群人出現了，就沒有失蹤事件，那群人找不到，就有人失蹤！」

巴圖嘆了一口氣：「奇就奇在這裏，真是奇怪到了極點——女教師和她帶領的小學生，始終沒有出現。可是有關方面的宣布是對的：沒有失蹤事件！」

我直跳了起來，又坐下：「哈哈，很好笑。」

巴圖道：「你覺得沒有可能？」

這還用問嗎？當然沒有可能，我懶得和他說，只是連聲冷笑。

就在這時，忽然有一個極清脆悅耳的聲音（等於說兩個清脆悅耳的聲音），自樓上傳了下來：「有可能！」

一聽到聲音，我也不必抬頭看，我知道良辰美景到了。她們進出我的住所，正經走門口進來的時候少，爬窗翻牆進來的時候多，會突然出現，頗具神出鬼沒之姿，聽聲音，也可以知道她們已從樓梯上走下來。

巴圖卻循聲看去，一臉的驚訝之色，我悶哼着：「怎麼一回事？沒有見過雙胞胎？」

巴圖仍然奇訝莫名，搖着頭：「簡直是複製人……真是天然的雙胞胎。」

良辰美景已經來到面前：「不，其中一個是假人，猜猜看，哪一個真？哪一個假？」

巴圖也算是個見多識廣之人，可是這時，盯着她們看，卻像傻瓜一樣，只會發出「呵呵」的笑聲來。我冷冷的道：「偷聽人講話？」

良辰美景各自做了一個鬼臉：「不是有意的，這位叔叔，講的事那麼有趣，自然吸引人聽下去。」

巴圖大樂，指着我：「我要講給他聽，他還不願意聽！你們看他，一副『絕無可能』的樣子，你們說『可能』，說來聽聽。」

良辰美景逗人喜歡，人又聰明，我立時作了個手勢，先不讓她們講話。因為我說「不可能」，兩個小女孩居然說出了「可能」的理由，那麼至少被巴圖笑上好幾千次，這不是很有趣的事。

可是我想一想，還是想不出來。

我一揮手，示意良辰美景可以發表她們的意見了，兩人齊聲道：「根本找不到失蹤者。」

我一怔，幾乎立時就要失聲大笑。這是什麼話！「找不到失蹤者」，失蹤者要是找到了，那還叫失蹤者嗎？

可是，我卻沒有笑出聲來，因為在剎那間，我也想到了什麼。我想到了巴圖在事後所作的詳細調查，有多少人見過女教師和小學生，努力想證明的確有女教師和小學生的存在。

而事後，又不知小學生的確切數字。這一切，全都說明了什麼？說明了一個不可思議之極的現象：「根本找不到失蹤者」，就是良辰美景所說的那樣。

我不禁「啊」地一聲，對她們兩人的心思靈敏，表示由衷的欽佩，巴圖更是大聲喝彩：「好。」

我知道，巴圖向良辰美景喝彩，一半是衝着我來的，我向他笑了笑：「真有意思，這兩個小姑娘——」

我把良辰美景介紹給他，自然不能說得太詳細，巴圖不住道：「造物主的奇蹟。」

（讀者諸君之中，有的可能比良辰美景更早想到，有的可能和她們同時想到，有的會和我一樣。但如果還是不知道什麼叫「根本沒有失蹤者」，那也不要緊，再聽巴圖說下去，一定會明白。）

我示意良辰美景坐下來，可是她們兩人卻坐不定，不住地在飄來飄去——真的飄來飄去，因為她們的行動，快捷無比，看得人眼花撩亂。我也只好由得她們去。

巴圖道：「根本沒有失蹤者。」

根本沒有失蹤者。

失蹤的消息一傳出來，全市緊張，各小學紛紛查自己的教師有沒有帶學生出去，查下來，有許多，可是全都已經回來了，沒有出事。

接着，有關當局已經覺得事情有點不對勁——通過傳播媒介，籲請失蹤小學生的家長和警方聯絡，也籲請學校和警方聯絡。

可是一直到午夜過後，根本沒有人和警方聯絡——沒有小學生失蹤。

範圍擴大開去，不但是赫爾辛基市，更擴大到了全國。芬蘭的面積雖大，但人口不多，有將近二十個人失蹤，在和平時期，那是頭等大事，全國轟動，可是，到凌晨一時，還是沒有人來報失蹤。

根本沒有失蹤的人，或者說，根本沒有人失蹤。

既然沒有人失蹤，又何來失蹤事件。

內政部、警局、教育部的高級官員，在失蹤事件傳出之後，本來都緊張之極，連總理也徹夜在辦公室中等候消息。

可是事情發展到了這種地步，所有人都在臨時指揮部中，面面相覷，直到其中一個官員忽然道：「根本沒有失蹤者，怎來失蹤事件？」

這是一個再簡單不過的邏輯，一剎那間，群情洶湧，幾個人就叫了起來：「有人製造假失蹤案？」

這應該是唯一的結論，不管目的是什麼，失蹤事件不存在。

於是，新聞報告作出了一切是誤會的報道。

於是，搜索者紛紛離去。

可是，又有那麼多目擊者，那個司機，斬釘截鐵地說他載了這群人大半天，警方略為調查一下，也確然有很多人見過女教師和兒童。

警方請了繪圖專家來，根據目擊者的描述，畫出了那美麗的女教師的畫像，再在暗中進行調查。

整件事由於有不可解釋的神秘，所以自那晚報道了之後，就一直不再公開，一般民眾，只知道發生一件誤會，不知真相。

而分明見過女教師和兒童的人，又經過心理醫生之類的專家權威的勸導，相信自己是錯覺、幻覺、自己的想像等等。

但年輕的司機，堅持己見，甚至被送進了精神病院。

只有巴圖不受影響。他見過女教師和那十七八個兒童——如果不是巴圖曾見過他們，而又肯定不是自己的幻覺，整件事，可能就此不了了之！

巴圖憑自己個人的力量，展開了調查，他的能力高超，一個星期下來，所得的資料，只怕已遠勝過警方，可是一樣茫無頭緒。

事情神秘在那女教師和她所帶的那十七八個小學生，不知是從什麼地方冒出來的，全市所有的小學中，根本沒有這樣的女教師（也沒有女教師失蹤），全國所有家庭，也沒有遺失兒童（當然有遺失兒童，可是絕不在那天），也就是說：世上，至少在芬蘭，根本就沒有那個女教師和那十七八個小學生。

由官方進行的調查，擴大到鄰國：挪威、瑞士、丹麥，甚至冰島。十七八個小學生失蹤，如果真有那些小學生，就算他們來自非洲的象牙海岸，也查出來了。

可是，根本沒有那些小學生，也沒有那個女教師。根本找不出失蹤者，自然也沒有失蹤案，這順理成章之極。

可是，他們的確曾出現過，租過旅遊車，參觀過選手村，又到達滑雪比賽的場址，然後，再消失。

「再消失」一詞，或者不是很適合，但是在這種怪事之中，卻也想不出更好、更妥切的詞語來了。

巴圖的叙述告一段落：「兩位小姐，衛先生，請問你們有什麼見解？」

我苦笑——沒有見解，這種無頭無腦的怪事，能對之有什麼見解？

良辰美景互望了一眼，神態有點鬼頭鬼腦：「一群外星人，參觀地球上的某項活動，參觀完畢，就離開了地球，或到了他們自己的基地。」

巴圖沒有反應，我「哈哈」乾笑了一下。

也不能說良辰美景的說法無理，這是一個很好的假設，雖然太簡單了些。

良辰美景各向我豎起一隻手指：「在沒有其他解釋時，唯一的解釋，就是最好的解釋！」

這兩個小鬼頭，和胡說、溫寶裕那一對寶貝，把我常說的一些話，記得滾瓜爛熟，有事沒事，就拿出來對我說，他們還創造了一個新名詞，把這種行為叫做「以子之盾，攻子之矛」，得意洋洋，流於可惡。

我冷笑：「我並沒有否定你們的解釋，但那不是唯一的解釋。」

巴圖忙道：「你的意思是——」

我道：「例如，時間上的消失，也可能發生這樣的情形，突然出現，突然消失。」

巴圖大搖其頭：「不可能，若是在時空中迷失的一群人，一定慌亂無比，哪裏還會好整以暇，租了車子去看滑雪比賽？」

我也覺得自己的解釋牽強了些：「我只不過提出了一個可能！」

良辰美景這兩個小鬼頭，舔着嘴兒笑：「除了是外星人之外，無可解釋，巴圖叔叔，接受了這個解釋，整件事平常之極！」

第三部

不能透露過去十年在做什麼工作

巴圖看來也有點被她們說動了，喃喃地道：「是啊，平常之極，不過是一次外星人對地球的拜訪！」

他一面說，一面取出一張摺好的紙來，攤開，紙上是一個少女的素描：「看，這是我所知的，最美麗的異星人了！」

我向那素描望了一眼，是一個很美麗的女郎，當然這就是那個「年輕女教師」。他又道：「有關方面，後來忽然神秘兮兮，保守秘密，一問三不知，只怕也是想到了這一點。世界各國，其實都掌握了不少外星人的資料，但卻一致不公布，真不知道各國政府安的是什麼心。」

良辰美景道：「怕公布了之後，地球人大起恐慌，地球人心理本來就不平衡，再以為世界末日快來臨，更不得了！」

巴圖用力在大腿上拍了一下：「有道理！」

看他們的對話，像是那女教師和十八九個小學生是外星人，已經可以肯定一樣。我連聲冷笑：「外星人？想想教師向他們灌輸的常識；外星人會那麼幼稚？」

巴圖道：「來自外星，自然對地球上一切都生疏！」

良辰美景和他搭檔得十分合拍：「所以連水的自然現象，他們也感興趣——這是不是進一步說明，他們原來的星體上，根本沒有水？」

我只是冷笑，當時，連巴圖也覺得兩個小鬼頭在胡說八道了，他笑了起來：「不會吧，他們的形體和地球人十分像……簡直一模一樣……沒有水……的星球上，會有和人一樣的生物？」

良辰美景可能和溫寶裕一起久了，「近朱者赤，近墨者黑」，胡思亂想的本事，有時比溫寶裕尤甚，兩人又道：「或許他們為了要到地球上來，製造了一批假人，或者，侵入了一批地球人的身體？」

我大喝一聲：「住口！」

她們眨着眼，雖然暫時不出聲，可也顯然沒有從此住口的意思。

我望向巴圖：「你一定已經有了設想？」

巴圖苦笑：「沒有。非但沒有，而且，找不到人共同商量，所以明知來找你，會有一定麻煩，還是只好不遠千里而來！」

他忽然掉了一句文，我也不覺得好笑，只覺得生氣：「來找我，會有什麼麻煩？」

巴圖倒很有自知之明，他攤着手：「我十年不見，忽然出現，一定被你追問過去十年來我在幹什麼！」

我又道：「是啊！過去十年，你在幹什麼？」

巴圖長嘆一聲：「問題就在這裏，我絕不能說！」

我們兩人的對話，聽得良辰美景眉飛色舞，叫道：「真過癮，神秘事件之外，還有神秘人物！你自己已失蹤了十年，反倒去調查人家失蹤！」

巴圖有點惱怒：「誰說我失蹤了十年？」

良辰美景眨着眼：「沒有失蹤？那在這十年間，你在幹什麼？」

巴圖脫口說：「我在——」

可是以為他就此會口出真言，良辰美景對他的估計也未免太低了，他說了兩個字，就住了口，望向我：「若是你說，不想和我討論發生在芬蘭的那件事，我馬上走就是！」

我心中雖然極度不滿，但是想起每一個人都有苦衷，若是硬要逼他說，唯一結果是不歡而散，那又何必？所以我嘆了一聲：「隨便你吧！」

良辰美景反倒對我的態度，大表不滿，兩個人走開了幾步，嘰嘰咕咕，說個不已。

也不知她們在商量些什麼，巴圖大有警惕之意，盯了她們好一會，可是她們語音低，說得又快，實在沒有法子知道她們在說什麼。

過了足有三分鐘，巴圖實在忍不住了，喝道：「你們在商量什麼？」

良辰美景等的就是這一問，兩人同時一攤手，學着剛才巴圖的神情：「問題就在這裏，我們絕不能說。」

巴圖先是一怔，然後打了一個「哈哈」，不再理會她們，又向我望來：「在你的經歷之中，有沒有比這件更怪異的？」

我想了一想：「每一宗事的性質都不同，無法比較，這件事……真怪得可以，突然有一批人出現，在十小時左右的時間內，不少人和他們有過接觸，然後又消失無蹤……最簡單的假設——」

我說到這裏，不由自主，向良辰美景望了一眼，覺得她們一上來就作出的假設，還真有點道理，兩人自然猜到了我的心意，一副洋洋得意的神態。

巴圖搖着頭：「我不是沒有這樣設想過，可是，外星人來去的交通工具呢？在那滑雪場地附近，決沒有任何飛行物體出現的紀錄，他們是怎麼離去的？」

我想起了那些性子良善的「紅人」，他們的小飛船，也幾乎可以來無影，去無蹤，但也只是「幾乎」，總有痕迹可尋。

我又道：「也不會是山中有什麼秘道——」我陡然一揮手，想到了整件事的關鍵：「不應該去研究他們如何消失，到哪裏去了，而應該研究他們自何而來，在沒有出現之前，這些人在什麼地方。」

巴圖吸了一口氣：「在受了三四天的困擾之後，我也想到了這一點。芬蘭人口不多，國家有很完善的人口統計資料，不到五百萬人口中，除了真正北部的一些少數民族之外，居住在都市的，幾乎有完整的資料，我通過人口統計部門的電腦——」

他說到這裏，我揮了一下手：「等一等，一個國家的人口統計資料，不會隨便給人看的。」

巴圖變換了一下坐着的姿勢：「當然我通過了一些特殊的關係。」

我悶哼了一聲，沒有再問什麼。剛才，我故意打斷他的話頭，目的是要在他的回答之中，找出點蛛絲馬迹，好明白他這些年來，是不是一直在芬蘭，和他究竟在幹什麼不能對人講的事。

他這樣回答，至少已使我知道，他在芬蘭，能夠運用的關係相當廣，他要得到那樣的資料，沒有高層的批准，決無可能。

由此也可以推斷，他在芬蘭的時間，可能已相當長，而且，多半和高層國家機密有關，更可能的是他仍在從事老本行——情報工作。

我表面上不動聲色，暗中冷笑幾聲，心想等我把一點一滴的資料彙集起來，有了結果，一下子說了你過去十年做了些什麼，看看你尷尬的神情，也是一樂。

巴圖自然不可能知道我在打什麼主意，他繼續道：「那女教師的畫像，是專業繪人像者的傑作，通過電腦程序，令之照片化，結果是這樣——」

這傢伙，做事太有條有理了。剛才，他給我們看過素描像，這時取出一疊照片來，把最上面的一張，向我展示。良辰美景連忙湊過來看，看起來，照片化了的，自然更逼真。

我道：「你通過記錄人口資料的電腦，去作相貌近似的比較？」

巴圖用力點頭，然後，再把其餘四五張相片，攤了開來，那些相片，全是和第一張看起來，有幾分相似的年輕女性。

他還解釋着：「電腦對臉型的特徵，分成兩百多種，這裏五個人，都有三之二以上的特徵，可以歸入相似類。」

我低聲說了一句：「好大的工程。」

巴圖道：「當然不是我一個人的進行，有很多人幫我完成這種電腦搜索，搜索的對象是全國十八歲到二十五歲的女性，超過五十萬人。」

我心中又嘀咕了幾句：這傢伙在芬蘭，一定勢力絕大，像這種大規模的行動，他要不是能夠為所欲為，自然無法由得他胡來。

我吸了一口氣：「你當然去見過那五位女士了？」

巴圖點頭，沒有說什麼，但是他的神情已經很明白，當然沒有結果，那五位女士，只有相貌和那個女教師有點像，或相當像，但卻不是那個女教師。

巴圖又道：「你注意到，在那批小學生中，有兩個，被女教師叫過名字？」

我直跳了起來：「是彼德和安芝，這是兩個十分普通的名字，你……你不是查遍了這……兩個名字的小學生吧？」

巴圖神情相當安詳：「就是，聽起來好像很複雜，但比起找照片來，簡單得多了。全國九歲到十二歲的兒童，不過六十萬人，名字又有字母次序可以追尋，我找出了所有彼德和安芝，也不必親自去見他們，只要打電話去詢問就可以，結果——」

他說到這裏，又攤了攤手，然後，重重垂下手來。

良辰道：「這說明了什麼？」

美景道：「說明根本沒有這樣的人。」

良辰道：「至少芬蘭沒有。」

美景道：「別的地方也不會有。」

然後兩人齊聲道：「外國來的，會有入境紀錄，巴圖先生當然查過了。」

巴圖望着她們，雖然他看來心情沉重，但這雙可人兒實在有趣，是以他也有點笑意：「是，查過了，沒有這樣的人出入境。」

我嘆了一聲：「事情十分怪，坐在這裏聽你敘述，就算作出的假設再多，也不切實際。」

巴圖的目光閃耀：「這正是我來找你的目的——我們一起到現場去查勘。」

我皺着眉，良辰美景已歡呼了起來：「好啊，沒有到過芬蘭，千湖之國，風光想來一定是好的。」

巴圖顯然料不到會有這樣的場面出現，所以一時之間，不知如何應付才好。看到他那種尷尬的情形，我心中暗暗好笑，也不出頭調解。良辰美景看出巴圖不是很歡迎她們介入的神情，兩人各自噘起了嘴，飛快地說：「我們自己會去，也不必人帶，放心好了，哼，要是叫我們查出了真相，也不告訴你。」

說完之後，格格一笑，跳跳蹦蹦，到了門口，紅影一閃，倏忽不見，看得巴圖目瞪口呆。

我笑了起來：「好了，你有兩個助手了！」

巴圖不知怎麼才好：「這兩個小女孩，真是……唉……真是……」

我作了一個手勢：「你別看她們小，很有點過人之能，而且聰明，剛才我就沒有想到『根本沒有失蹤者』這樣關鍵性的問題。」

巴圖仍然期期以為不可，我大聲道：「反正我不打算到芬蘭去，你要就一個人去調查，要就用她們兩個，作為助手。」

巴圖來回走了幾步，又大口喝了好多酒，才伸了一個懶腰：「累了，給我一個睡覺的地方。」

我把他送進客房，自己到了書房，又把巴圖所講的一切，想了一遍，沒有結論。

我很想聽聽白素的意見，可是白素不知到什麼地方去了，打了幾個電話，都沒有法子找到她。她又不肯用那種相當流行的隨身可攜帶的電話，我也不肯，理由相同——看起來，像是隨時在等候有人出價，可以把自己賣出去。

巴圖一來，講了這樣的怪事給我聽，我原來進行的工作也做不下去了，翻查了一些有關芬蘭的資料，不到一小時，忽然有喧嘩之聲，起自樓下，像是有千軍萬馬，吶喊殺到，樓梯上的腳步聲，更如同戰鼓疾擂。

我長嘆一聲，坐直身子，溫寶裕已一馬當先，大聲叫嚷，衝了進來：「我也一下子就料到了『沒有失蹤者』，有什麼了不起，哼，哼！」

他必須連發出兩下狠狠的「哼」聲，因為他要「哼」的對象是良辰美景，兩個人。

良辰美景就在他的身後，當他轉過身去「哼哼」之際，兩人神情不屑：「哼什麼，我們是沒有什麼了不起，可是說要去，就能去，也不必求人帶着去，也不會讓人攔着不給去。」

一聽得兩人那樣說，溫寶裕像是漏了氣，一聲不出，逕自來到了書房一角，堆放在地上的一大疊書前，也不理會那是什麼書，是普本還是孤本，就一屁股坐了下去生悶氣。

胡說走在最後，他究竟年紀最大，也比較文靜些，所以發出來的噪音，不算太多，屬於可以忍受，他來到我身前，指着良辰美景：「她們剛才說了一件事——」

這四個人一進來，這種陣仗，一望可知發生了什麼事，所以不等胡說講完，我就道：「是我一位老朋友特地告訴我，我相信真有這樣的事發生過。」

胡說搓着手，因為興奮，臉上紅紅的：「太怪異了，要是能查出那些人從哪裏來的，說不定可以揭開一個絕大的秘奧。」

我道：「理論上是這樣，不過我看你無法參加，博物館不會肯給你假期。」

胡說笑着：「我倒不那麼想去，不過有人——」

他向溫寶裕呶了一下嘴，溫寶裕像屁股上被針刺了一下，直跳了起來，握拳，高舉手臂：「我要脫離家庭，爭取自由。」

他叫的時候，臉漲得通紅，看來很認真的樣子，而且，故意避開了我的目光，不向我望來，正由於這樣，所以他和才走進來的白素，剛好打了一個照面。

白素的眼光雖然不如我嚴厲，但是責備的意思卻一樣。

而且，溫寶裕對我，有時還敢胡言亂語，強詞奪理一番，在白素面前，卻一向不敢，這就更令得他尷尬不已，高舉着的手，一時之間，又放不下來，看來不知該怎樣才能下台。

白素走過來，把他舉起的手按下來：「再過幾年，你到外國去留學，就有自由了，現在來叫嚷，有什麼用？」

溫寶裕大吁了幾口氣，瞪良辰美景兩眼：「是她們太欺人。」

白素搖着頭：「怎麼一回事，天下大亂一樣，酒杯還沒有收，可是來客人？」

巴圖的聲音也在門口響起：「正是，不速之客。」

他當然是被吵醒的。白素轉過身去，白素沒有見過巴圖，所以一剎那間，她神情十分疑惑，巴圖想要介紹自己，我童心大起，叫道：「讓她猜，你是誰。提示是：老朋友了。」

白素側着頭：「提示很有用，如果不是老朋友，那我會猜是羅開，『亞洲之鷹』羅開。」

巴圖「呵呵」笑：「我聽說過那位先生，十分精彩，謝謝你，我至少比羅開大三十歲。」

白素笑了起來，不再直視巴圖，語音輕鬆：「西班牙的月亮，不知道會不會再有紅色？」

我和巴圖都哈哈大笑，巴圖大踏步走過來，和白素握手：「佩服，名不虛傳。」

白素笑着：「老朋友能有多少？我沒見過的更少，自然容易猜得出來，巴圖先生，別來無恙否？」

當年，我費盡心機尋巴圖，白素知道，所以才特地有此一問。巴圖支吾着未曾回答，我已經道：「其實，應該把他趕出去，他竟然堅決不肯透露過去十年間，做了些什麼事。」

白素應聲道：「他當然可以這樣。」

我悶哼一聲，不說話，良辰美景已急不及待，拉着白素的手，把事情向白素講着，巴圖看來也急於想聽白素的意見，所以在一旁補充。

胡說和溫寶裕，也聽得聚精會神，我走來走去，裝成不經意，但也在留意。

白素在聽別人敘述的時候，是最好的聽眾，絕不打岔，她看了照片，又說：「好漂亮的北歐少女。」

聽到不論怎麼查，都無法查得出那些人的來歷，她眉心打結：「奇怪，一定有一個重要的關鍵，未被注意。」

過了一會，她才又道：「這個重要的關鍵，一定普通之極，所以才人人不留意，忽略了過去。」

溫寶裕張開口，顯然想發表意見，但卻沒有出聲，反倒伸手在頭上打了一下。

我知道他想到了什麼，又立即否定，就道：「你想到什麼，只管說。」

溫寶裕有時，很有些匪夷所思的想法，反正說了也沒有損失，不妨聽聽。

溫寶裕有點不好意思：「我想……可能那教師帶着學生，早已離開，回家了，後來事情鬧大了，她害怕，不敢承認，也叫那些小學生別承認。」

他那種說法，雖然不免要令人發笑，可是也不能說全無可能，各人都十分認真在想着，溫寶裕一看反應良好，又頭重腳輕起來：「他們說謊隱瞞，卻苦了有些人，在不斷思索，自然沒有結果。」

巴圖沉聲道：「如果真有這個女教師，我一定找出她來了。」

白素輕掠着頭髮：「那旅遊車司機，自然是關鍵人物，可是出租車子的公司呢？誰接的電話，打電話去的人是誰？用什麼學校的名義訂車子的？」

白素果然比我細心，一下子就問了幾個我沒有想到的問題，我向巴圖看去，心想他可能也未曾想到那些細小的末節。

但巴圖想到，他道：「接電話的是一個職員，她說電話由一個年輕女子打來——看來就是那個女教師，說要租一輛車，很普通，她記錄下來，交給了負責調動車子的人，車子就派了出去。」

白素吸了一口氣：「電話從哪裏打來的，只怕無法查得出了。」

巴圖道：「查不出了。」

白素又道：「還有一件十分值得注意的事——上車前，女教師要求不要有暖氣。」

巴圖皺着眉：「女教師的解釋，好像也還合理。」

溫寶裕道：「她如果有特別理由不要暖氣，自然不能照直說，總要編一個像樣一點的理由，她總不能說，溫度太高，太暖了，他們全會融掉。」

溫寶裕當然只是在信口而言，可是我和巴圖，立時互望了一眼。

在那一剎那間，我們兩人想到的，相信一致：如果那批人是外星生物，他們有可能只適應低溫，不能在較高的溫度下生存，「融掉」的說法，雖然誇張，但也可以引發想像力。

巴圖遲疑了一下：「可是在選手村……嗯……他們只是在走廊中，走廊的暖氣不如房間那樣暖……女教師曾脫去外衣，沒提到孩子們有沒有脫外衣。」

溫寶裕又手舞足蹈起來：「禦寒的衣服，不但可以防禦寒冷，也可以防禦暑熱，把冰包在棉花中，也就沒那麼容易融。」

我望着他，鼓勵他說下去，他道：「初步結論之一：這些人怕熱。」

所有人，包括良辰美景在內，居然都接受了他的分析，這更令溫寶裕樂不可支，站了起來，我道：「由這個初步結論，能得出什麼假設？」

溫寶裕像是陡然發現了新大陸，誇張地吸了一口氣，揮着手：「他們是一批蠟像，一批成了精的蠟像，所以怕熱，溫度太高了，會融——」

他還沒有說完，至少已有三個人叫着，要他住口，包括我在內。

溫寶裕神情委委屈屈，我道：「有了蠟像館中陳列的是真人，已經夠了。」

溫寶裕抗聲：「為什麼不能再有真人生活之中，有了蠟像？」

良辰美景道：「問一個最簡單的問題：蠟像怎麼會走會說話？」

溫寶裕翻着眼：「誰知道，總有辦法的！」

白素搖頭：「不成立，就算那一批是蠟像，也不會消失無蹤。」

溫寶裕口唇顫動，聲音很低：「不知道那天有沒有人在雪地上生火？」

第四部

巴圖的舊式「遊戲」

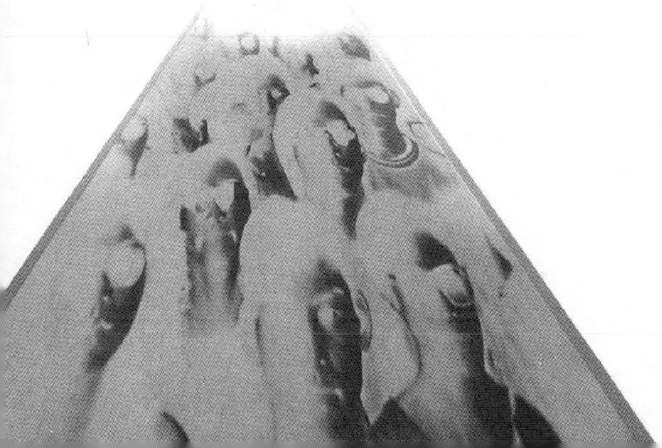

所有人大是愕然，因為溫寶裕說來說去，還是想說那批人是蠟像，消失，是遇上了火，融掉了！

胡說和溫寶裕友情深厚，他雖然也反對，可是說法不同：「先保留，暫不討論。」

溫寶裕還想「舌戰群儒」，可是想想，多半自己也覺得這種設想，沒有什麼可能，所以也不再堅持下去，只是眼珠亂轉，不知又在作什麼假設了。

我站了起來：「這樣胡思亂想，於事無補——」

良辰美景搶着說：「所以我們才要實際行動！」她們說着，又示威似地望向溫寶裕。

白素道：「小寶已經夠可憐的了，別再刺激他！」

溫寶裕恨恨地道：「那地方，可能有神秘的黑洞，人一跌進去就出不來，永遠消失，你們小心一點！」

良辰美景一聽，就作十分害怕狀，兩人互相抱着，身子發抖，甚至於牙齒相碰，得得有聲，看得除了溫寶裕之外，所有人都哈哈大笑。

胡鬧了一會，巴圖道：「來看你，總算有收穫，至少，認識了那麼多年輕朋友，在感覺上，自己也像是年輕了許多！」

良辰美景一邊一個，站在巴圖身邊：「我們還要並肩進行冒險生涯，請多多指教！」

巴圖笑得十分歡暢，伸手搔着她們的頭髮，看來她們要到芬蘭去，已成定局了。我安慰溫寶裕：「這件事雖然怪，發展下去，可能平淡無奇，反倒是開始十分平淡的事，可能十分有趣。」

溫寶裕懶洋洋地，提不起神來：「試舉例以說明之。」

我向巴圖望了一眼，心想，在這個人身上，就不知可以發掘出多少有趣的故事來，像過去十年，他究竟在從事什麼勾當，就大大值得深究。

良辰美景又跳跳蹦蹦離去，溫寶裕望着她們的背影，神情不勝欣羨，忽然大是感嘆：「人真不能老，一老，壯志就會消磨！」

我大喝一聲：「你在胡說什麼？」

溫寶裕眨着眼：「可不是嗎？想當年，偷到南極去，說走就走，哪有什麼顧慮。」

我正想斥責他，白素道：「小寶，這證明你長大了，成熟了，再也不會像小孩子那樣胡來。」

白素十分懂得少年心理，果然，她這樣一說，溫寶裕大大高興：「對，這雙胞胎小丫頭長不大，才會去湊這種熱鬧。」

巴圖一聽，發出了一下重重的悶哼聲，溫寶裕人聰明，一想剛才那句話，頗有得罪巴圖之處，忙作了一個鬼臉，大拍馬屁：「要不是那批人恰好遇見了你，整件事一定不了了之，哪還會有什麼人追究下去？事情要是有意料之外的發展，全是因為太陽系中，有巴圖先生。」

巴圖搖頭：「不像話，說話，比衛斯理還要誇張，真不知是什麼風氣。」

在接下來的兩天之中，話題自然仍離不開那件事，我也一有機會，便旁敲側擊，想弄明白巴圖在芬蘭幹什麼，可是沒有結果。倒是他和溫寶裕、胡說、良辰美景的一些對話中，頗有泄漏行藏之處。

以下就是這些對話。對話在兩天之內斷續發生，事先自然也沒有安排，我將之集中在一起，是因為談話內容，都和巴圖在芬蘭的活動有關。

胡說是昆蟲學家，他忽然提起：「我也很想到芬蘭去，靠近北極圈，有很多奇怪的昆蟲，有一種昆蟲，甚至能刺破堅硬的凍土，把卵產進十公分深的凍土中去。」

巴圖的對答是：「啊，那真不簡單之至，凍土的硬度十分高，簡直和石頭差不多，要用機械挖掘，也不是容易的事。」

從這段對話中，可以推測，巴圖在芬蘭，曾經挖掘過凍土。大地在低溫下凍結，不是有特別的原因，誰也不會挖掘，所以巴圖的行動，十分特別。

溫寶裕在再一次聽巴圖敘述經過時發問：「那時你在選手村的附近作什麼？」

巴圖對溫寶裕沒有什麼防範，所以他順口道：「我正在跟蹤一條狗——」

他講了那樣的一句話，令得所有聽到的人都大感興趣，人人向他望去，他卻立時自知失言，用力搖了一下頭，沒有作任何解釋，雖然溫寶裕和良辰美景，都發出了連珠炮也似的問題，他卻恰如鋸了嘴的葫蘆，一聲也不再出。

我深知巴圖那一句話是偶然的泄露，不會再有進一步的解釋，所以根本沒有向他發問，只是心中覺得奇怪之至。

首先，他是極出色的情報人員，應該不會有這種「說漏了口」的情形發生。除非這件事，在他腦中盤旋不去，日思夜想，思緒每一秒鐘都被這件事佔據着，人總會犯錯，那才會有這種不知不覺間，説出一句半句話來的情形。

他後來不作解釋時，曾好幾次向我看來，我故作不見，可知他感到自己的「失誤」，相當嚴重。

這又使我疑心，他這兩天，應該在想那件「失蹤」事件，而他能把原來在芬蘭的事放下，萬里迢迢來找我，可知原來的事，不甚重要，怎會一直在想着它呢？

這使我感到，他一定有什麼重大的隱秘在心中。

（各位一定十分奇怪，為什麼我花那麼多筆墨，去追究巴圖十年來在幹什麼，甚至在第三節，還用來作了標題。當然，大有原因，看下去，自然會知道——事情有相當意外的意外，事先，全不可測。）

而巴圖所說的話，也怪異莫名，這也是引起了一連追問的原因。

他說：「我正在跟蹤一條狗。」

要是他說當時正在跟蹤一個人，那就不算什麼，普通之極，可是跟蹤一條狗，卻不尋常之極。

那只好推論，他在芬蘭，從事的是一件不尋常的勾當——這種推測自然太空泛，但是在沒有進一步的資料之前，也只好如此。

良辰美景不知為了什麼，忽然又笑聲不絕，巴圖在一旁看了，大是感慨：「多少年沒有見過人笑得這樣燦爛了。」

良辰美景道：「怎麼會？生活那麼美好，人人都應該笑。」

巴圖搖頭：「美好？少數吧，悲慘的多。」

良辰美景多半少見這種嚴肅的神情，所以吐了吐舌頭，沒有再敢說什麼。

巴圖的這一句話，又令得我大是起疑——他怎麼會有那樣的感嘆？如果這種感嘆，和他過去十年的生活有關，莫非他生活是不好？還是在那幾年中，他一直在接觸着悲慘的事？

多半可以作這樣的推論。

兩天之後，巴圖、良辰美景的「三人探索組」出發，我把自己推測到的巴圖十年神秘生活的線索，拿出來和白素商量，白素皺着眉：「那算什麼線索。」

我苦笑：「他半點風聲都不露，只好從這些線索上去推測。」

白素忽然問：「你對他過去十年的生活那麼有興趣，原因是什麼？」

我想了一想：「自然是好奇，也作為一種對自己推理能力的挑戰，更加……更加……」

白素笑了一下：「概念還十分模糊？」

我用力揮手：「對，而且，十分怪誕，我隱隱感到，他過去十年在做着的事，和那批學生失蹤有關。」

白素呆了半晌：「怎麼會？」

我攤開手：「說不上來，巴圖做起事來，鍥而不捨，不會半途把事擱下，去做另一件事，你沒聽他說，那天，在選手村附近，他正在跟蹤一條狗？」

白素側着頭：「對，不知道是什麼意思？」

我道：「總之，他有重要的事要做，可是忽然他又調查起失蹤事件來，而且老遠來找我，可以推測，他本來在做的事，和失蹤有關。」

白素思索着，一時之間，沒有表示對我的意見贊成還是反對，過了一會，才道：「那他為什麼不說？」

我悶哼一聲：「兩個可能，一是他自己也是模糊地感到；二是他明知道了，可是瞞着我。」我氣憤起來，不免有點激動：「這傢伙，是蒙古人，非我族類，總有點古裏古怪。」

白素望着我，責備說：「你和外星人打交道也不止一次，怎麼胸襟愈來愈窄了？大家都是地球人？」

我笑了起來：「大家全是宇宙人，什麼怪物，都是同類了。」

白素一揚手，不和我爭下去：「照說，巴圖不是吞吞吐吐不爽快的人，恐怕別有內情。」

我心中很悶，長長吁了一口氣，白素道：「希望良辰美景能幫到忙。」

我不以為然：「這一雙搗蛋鬼，只怕幫倒忙。」

白素十分寵她們，這時，單是想起她們，也口角泛笑，樣子喜歡。

當天晚上，在就寢之前，離開書房，經過客房門口時，走廊上的燈光不是太明亮，我無意向客房門看了一眼，發現在不是很亮的光線下，門上有用特殊的塗料，塗出的一個記號。

那是一個指示轉彎的箭嘴。

所用的透明塗料，是特製的，在乾了之後，只在某種亮度的光線下，在特定的角度，才能看得到。我恰好看到，倒也不是什麼巧合，因為一天要在客房門口經過不知多少次，總有一次可以看得到。

我呆了一呆，首先想到的，自然是溫寶裕和良辰美景，不禁咕噥了一句：「太過分了。」

因為有陳長青的那幢大屋子任他們玩，還不夠，居然玩藏寶遊戲，玩到我這裏來了。

可是我繼而一想，覺得大有蹺蹊，現在的年輕人十分現代，就算玩藏寶遊戲，也必然大有花樣，各種電子儀器齊出，像這種隱蔽的箭嘴，只有中年人才用，方法十分古老的了。

我自然又想到了巴圖。

可是巴圖有話不說，弄這種玄虛幹什麼？

一面想着，看箭嘴的意思，是要人推門進去，指示房間中大有乾坤。

我轉動門柄，推門進去，着亮了燈。客房的陳設簡單，我有時也會進來打個盹，自己住所的一間房間，當然再熟悉也沒有。

我站在房間中心，緩緩轉動身子，才轉到一半時，就看到一列書架的第三格上，有一股紅絲線，自一本書中垂下來。那可能不代表什麼，是有人不小心夾上去的，但也有可能，又有一項「指示」。

我走過去，將那本書取下來，那本書對我來說，十分有趣，它的書名是《奮進的衛斯理》，美國作家侯活．史奇脫的作品。

這個「衛斯理」自然不是我，而是十八世紀英國一個偉大的基督徒、教會復興者和社會改革者。他的名字是約翰，姓氏譯成中文之後，恰好是「衛斯理」。我不知什麼時候，偶然經過書店，看到了買下來，看了一遍之後，一直沒有再動過，這種闡釋宗教教義的書，幾個小鬼頭大概不會有什麼興趣，那股絲線，就有可能是故意夾上的了。

我打開那一頁，發現夾着一張極薄的紙，約有十公分見方。那張紙上，有着隱隱約約的字迹，要用一種筆心軟度高的鉛筆，小心在上面輕塗，才能令字迹顯現出來——這又是很古老的方法，古老到只有巴圖那一代的人才會使用。

我心中又好氣又好笑，巴圖不知在鬧什麼鬼，我拈着那張紙，到書房，找了一支合用的鉛筆，在紙上輕輕塗着，心中想：巴圖想要傳遞的消息，一定無關緊要。因為他提也沒有提這件事，我可能一年半載都發現不了玩的花樣，如果是重要事，豈不是全叫耽擱了？

想着，已經令薄紙上的字迹顯了出來：車後防撞槓下。

我咕嚕着罵了一句，巴圖這種古老的手法，很叫人不耐煩，可是卻也有一定的吸引力，一步一步，非叫你跟着走下去不可。

我下樓，白素在樓上問：「出去？」

我道：「不，巴圖玩了點花樣，你沒留意到客房門上，有一個很不容易被發覺的箭嘴符號？」

白素道：「沒有。」

我道：「他說……多半藏了什麼東西在我車子保險槓下，希望不是一枚計時炸彈。」

在汽車的後保險槓下，我輕而易舉地把一只像一包香煙大小的鐵皮盒子取了下來，鐵盒子的一邊，有磁性相當強的磁鐵，所以會吸在保險槓上。這種盒子也不是什麼罕見的物事，通常用來放置雜物。

我性急，一取盒子在手，就想打開來。可是一轉念間，又覺得十分不妥。巴圖如果真要向我傳遞什麼信息，我和他在一起三天之久，他沒有道理不直接說，而要用那種鬼頭鬼腦的辦法。

如果這只是一個遊戲，只是一種惡作劇，那麼，大有可能，盒子一打開，就會有令我十分狼狽尷尬的事發生，例如有不知名的毒蟲飛出來咬我一口之類，而這種狼狽的事，也必然會成為日後的笑柄。

所以，我不立時打開，拿着鐵盒子上樓，白素在書房門口，她一直喜歡淺色的絲睡袍，修長而飄逸，淡雅動人，我在她頰邊親了一下，她也顯然看到了那張薄紙：「手法真古老，盒子裏是什麼？」

我笑：「不敢隨便打開，因為很怪，怕是巴圖童心大發的惡作劇。或者他只是想玩小把戲開玩笑，卻叫我領了去，一世英名，付諸流水。」

白素也笑了起來——當時，隨便我們怎麼想，都不會覺得事情有什麼嚴重，有很多事，實在一點也無法預料。

白素道：「總得打開來看看的。」

我點頭：「當然。」

我有一副專門設計來在這種情形之下使用的裝備，那是一個強力鋼化玻璃罩子——這種玻璃，可以抵擋點三八口徑的手槍近距離射擊。在罩子中，是一副遙遠控制，操作十分靈活的機械臂，全部是雲氏家族精密儀器製造廠的出品。

我把設備取出來，接上電源，把盒子放進去，然後，利用機械臂，把盒子打開，那樣鄭重其事的結果，是令得我和白素兩人都啞然失笑。

鐵盒子內，只是一柄鑰匙，相當長，一望而知，是銀行保險箱所用，還有一小張紙條，上面有一個簽名式。

我和白素相視笑了一會，又同時感到事情也可算是相當不尋常。

如果不是重要的東西，不會收藏在銀行保險箱中。巴圖行事很有分寸，惡作劇，也決不會鬧到利用銀行保險箱的程度。由此可知，他是真正有點東西要交給我。

我向白素望去，白素也神色惘然，顯然她也不知道巴圖何以要這樣做。

我把盒子取了出來，鑰匙上有銀行的名字，那個簽名式看來十分複雜，但是愈是複雜，愈是容易摹仿，巴圖的意思很明白，要我假冒簽名，去打開這個保險箱。

白素提議：「再到客房去看看，是不是有什麼別的花樣。」

銀行晚間不營業，非得等明天早上不可，我的脾氣，有了這樣意外的發現，自然一定要作各種各樣的設想，所以多半睡不着，白素的意思是，如果再發現一些什麼，也可以消遣長夜。

我們到了客房門口，白素先研究門上的箭嘴，發現門在推開時，箭嘴十分容易看到，而且直指書架——這個發現，推翻了我事情不會嚴重的假設。那自然也使我更心急想知道保險箱中是什麼。

我和白素花了將近一小時，在客房中尋找，可是卻沒有再發現什麼。

當晚，我果然沒有睡好，第二天一早就醒，到達銀行，還沒有開始營業，等了十多分鐘，銀行大門才打開。簽名式早已練熟，絕沒有問題，打開保險箱，不禁脱口罵了一句「他奶奶的」。

那是六卷錄音帶。

錄音帶自然是相當好的信息傳遞方法，可是有一個缺點：沒有機械的配合，就無法知道內容是什麼。而且，那六卷，是超微型錄音帶，帶子捲着，不會比一枚一毫硬幣更大。

我知道這種超微型錄音帶，是頂尖科技的產品，決不是普通人所能得到的。以巴圖的身分來説，要得到，自然不是難事，而且一小卷錄音帶，用特定的速度，可以運轉六十分鐘，用來記錄談話，十分好用。一共有六卷之多，若是全記錄了聲音，那麼，化為文字，就是一本相當厚的書本了。

除了錄音帶之外，還有一張摺起來的白紙，打開一看，又使我興奮莫名，顯然是巴圖的筆迹寫着：「我不能告訴你的事，全在其中，你可以聽，聽了之後，希望你能告訴我，發生了什麼事。」

最後那句話，又令我莫名其妙。

錄音帶上記錄的，自然是他過去十年來的生活，那他怎麼還不知道發生了什麼事，要我告訴他？這個人，花樣真是愈玩愈多了。

我有可以運作這種超微型錄音帶的裝備，不然還真傷腦筋，只怕要到外國去找。

急急趕回家，白素也心急想知道是怎麼一回事。

錄音帶上並沒有編號，也不知道該先聽哪一卷才好——這是一個大困難，浪費了我們許多時間。由於錄音帶上記錄的聲音，千頭萬緒，非但有各種不同的人在說話，使用的語言，也複雜無比，甚至包括了蒙古的達斡爾語。

若是我們知道了次序，順序來聽，自然對於整件事的來龍去脈，比較容易了解。

可是事情本就複雜，我們又沒有這個好運氣一下子就拿到了第一卷，只好顛來倒去地聽，等到好不容易，弄清楚了次序，再聽一遍，所花的時間極長，已經是第二天的清晨時分了。

也就是說，總共花了超過二十小時的時間。

在這二十小時中，我們只是胡亂嚼吃麵包——實在不想吃；喝大量的水——人在情緒緊張、驚恐和惶惑之中，特別容易口渴；也喝了不少酒——在不知所措，或者是驚惶失措的情形下，喝酒可以略起鎮定作用。

錄音帶的內容，當真是不可思議之極，雖然將之整理了一下，一定已經順序，可是其中還是有很多地方，不是很容易理解。

以下是整理過的錄音帶內容。

第五部

活的機械人

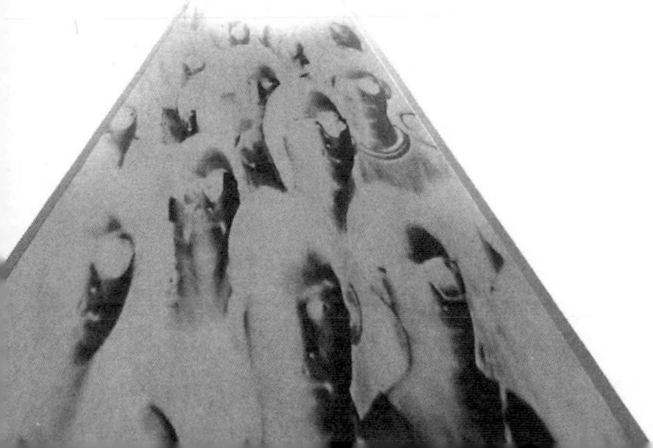

錄音帶雖然只是記錄聲音，但在聲音上，也可以推測當時發生了什麼事，和講話時的人的神態。所以我整理之後，不用錄音帶的原來形式，而用各種不同的記述形式——這在我以前許多故事中，用過許多次，各位一定十分習慣。

也照例，我和白素在聽錄音帶時的反應，加寫在括弧之中。

事情，大約在十年前開始。

巴圖掌管「異種情報處理局」，聽來十分煊赫，實際上卻是一個典型的冷衙門，所以，兩輛吉普車呼嘯開到，後面又緊跟着一輛有防彈設備的黑色大房車，駛到門口停下時，除巴圖之外的另外兩個工作人員，都像是鄉下孩子看熱鬧，奔了出來。

從吉普車上跳下來一位上校，問：「巴圖先生在嗎？」

巴圖懶洋洋地踱了出來，伸了一個懶腰：「辦公時間，理論上我一定在的。」

上校先向巴圖行了一個軍禮，然後，走向前去，在巴圖的耳際，低語了幾句。

上校的語聲甚低，不知道他講了些什麼，巴圖一聽，視線立時掃向那輛黑色大房車。防彈玻璃有反光作用，看不清車中的情形，整輛車，看起來像是一個黑色的大怪物。

巴圖揚了揚眉，神情訝異，向黑色大房車走去，吉普車上，又跳下來兩個軍官，站在房車旁邊，巴圖來到車前，一個軍官拉開了後座的門。

巴圖的兩個手下（一男一女），料到在車子裏的，可能是大人物，所以當車門打開時，好奇地探頭去張望。但是那個上校，卻立時似有意似無意地，擋在他們的前面，遮住了他們的視線，使他們看不見車中的情形。

巴圖一閃身進了車子，車門立時關上，上校的行動極快，跳上車，車隊疾馳而去。

第二天，巴圖的兩個手下，就接到了調職的命令，「異種情報處理局」這個機構也撤銷了，從此不再存在。

巴圖上了車之後的情形，只能從一段對話中來判斷。

（那段對話，是在什麼情形下錄下來的，值得一提，當然只有兩個可能，一是車中有錄音設備，二是巴圖隨身帶着微型的錄音裝置。但從後來，幾乎在各種情形下都有錄音，可見錄音裝置多半在巴圖的身上，而且他放得十分隱秘，因為後來又有許多曲折，都可以使得他身上的錄音裝置被發現。）

（我很難想像巴圖把超微型錄音裝置放在什麼地方——雖然說超微型，但體積至少也有小型火柴盒那樣大小。）

那段對話如下：

巴圖的聲音之中，充滿了驚訝：「啊，是你——」他說到這裏，一定是受了什麼暗示，不可以叫出他所見到的人的名字，所以，他把一個要衝口說出來的名字，又硬生生吞了回去，變成了發音十分含糊的「咕咕」聲，自然也無法知道他原來想叫的是什麼名字。

而巴圖見多識廣，可以令他驚訝，只有兩個可能，一是那是一個十分了不起的大人物，二是那個人絕不應該在這種情形之下出現。

接着，則是一個十分低沉，充滿了磁性，動聽之極，顯然曾故意把聲線壓低，但依然迷人的女聲。

（這大出乎我和白素的意料之外，我和白素，都怔了一怔，互望了一眼，當時我們都用眼色在詢問對方：那是什麼人？）

（可是，沒有答案。）

那女聲道：「巴圖先生，總統要我代他問候你，他本來要親自接見你，可是預料事態發展，會有一些國際糾紛，又要應付國內政客的諮詢，所以——」

巴圖打斷了她的話頭：「不必解釋，有什麼事，請直接說。」

女聲遲疑了一下：「有一樁任務，想請你執行。」

巴圖笑了一下：「我早已——」

女聲嘆了一下：「除了你，沒有人能做。」

靜默維持了約有半分鐘，巴圖才不經意地道：「是什麼任務？」

女聲說：「如果你拒絕，就不必聽了。任務極其凶險，會遇到意料不到的意外。」

巴圖笑了起來：「要是意料得到，那也不叫意外了。」

女聲發出了幾下動聽的笑聲：「你完全可以拒絕，因為如果你答應了，你必須接受幾項相當特殊的手術。」

巴圖的聲音很輕鬆：「割雙眼皮？」

女聲又笑了一下：「如果你喜歡，可以附帶替你割，你要進行的手術，甚至不擔保一定成功，因為還只是在實驗階段。最簡單的説法是：要植入若干電子儀器，和你腦部，發生作用。」

靜默足足維持了一分鐘，才是巴圖的聲音，聽來十分平靜：「嗯，我聽説過這種手術，手術的結果，是把人變成活的機械人。」

女聲遲疑了一下：「我不同意這樣説法，結果是，使施過手術的人，和一組儀器有聯繫。」

巴圖的聲音之中，已有了明顯的不滿：「接受遙遠的控制。」

女聲道：「是，也可以把看到的一切，傳回儀器來供組織分析。」

巴圖縱笑：「那還不是機械人是什麼？」

女聲發出了十分甜膩的「嗯」一聲：「我想應該稱之為超人。」

巴圖仍然在笑着：「真有趣，想想是什麼樣的一種情形，是不是手術成功，我變成了科學怪人，我聽到的聲音，你們可以通過儀器，在遠距離聽到？」

女聲又答應着：「是，距離是五百公里，當然，通過儀器的程序，相當複雜，同樣，你看到的，也可以通過複雜的程序，呈現在特製的熒光屏上——當然不會有你看到的那麼清晰。」

巴圖笑得十分放肆。

（顯然，這時他還未曾意識到事態的嚴重性。）

（我在聽錄音帶時，並不是順着事態發生的次序來聽，早已知道後果嚴重，所以當又聽到這裏時，不禁長嘆了一聲。）

（巴圖精明之極，而且也應該知道情報工作的冷酷，可是這時，他竟然沒有意識到事態嚴重。）

（白素和我有不同的意見，她說：「巴圖當然不是毫無所知，他可能喜歡接受那個任務。」）

巴圖一面笑，一面道：「希望我在和一個美女做愛時，你們分得出那是一個女人，別把我當成了同性戀。」

女聲卻十分認真：「男人或女人，大抵分得清楚，不至於有誤會。手術成功，自然好，若是失敗，你也不會有痛苦，因為你腦部活動受干擾，必然成為白癡，白癡沒有痛苦——」

巴圖打斷了她的話頭：「不必詳細解釋，因為事情與我無關。」

女聲道：「巴圖先生，你的意思是，你拒絕接受這項任務？」

巴圖笑着道：「你剛才說過，我完全可以拒絕。」

女聲聽來甚為誠懇：「對。」

巴圖道：「那就請吩咐停車，我要下車。」

聽得出那女人深深地吸了一口氣：「我不會命令停車，你也不會下車。」

巴圖又笑了起來，不過笑聲已經有點不大自然。

女聲問：「剛才那位上校對你說了什麼？」

巴圖悶哼一聲，沒有說什麼。

（所以，那上校說了些什麼，不知道。）

女聲又道：「你見到了我，就已經參與了最高機密，你一定知道，最好的保密方法是──」

巴圖一字一頓：「把我變成死人。」

這次，輪到女聲放肆地笑了起來──如果她是一個美女，發出這樣的笑聲，一定動人之極：「你有很多選擇，巴圖先生，選擇做死人，做白癡，或者，如你所說，做活的機械人。」

又是相當長時間的沉默，才是巴圖的聲音，聽來極鎮定，看來在那兩三分鐘內，他已有了決定：「生活太沉悶了，改變一下也好。」

女聲滿意地笑：「最高當局決定把任務派給你，經過長時間的研究，主要也考慮到，你會有勇氣，接受這樣的植入手術。」

巴圖忽然問：「植入體內的電子……零件，體積大約會有多大？」

女聲笑道：「不會太大吧，詳細情形，我也不是很清楚，不會比兩隻大拇指更大。」

巴圖笑了起來：「其實這種植入手術，由像你這樣的女性來接受，更好得多。只要把你胸脯略作改造，那樣的大體積，可以裝上不知多少電子儀器了。」

（從巴圖的話，可以推測那位女士的胸脯，一定十分挺聳豐滿。）

女士並沒有生氣，只是道：「不行，植入手術不在胸脯進行，一定要接近腦部，照我所知，是在耳朵後上方。」

巴圖又好一會不出聲，多半是他想輕鬆一下，也輕鬆不起來了。

（我和白素在聽錄音帶，聽到這裏的時候，也不由自主，伸手在耳朵的後上方，摸了一下。）

（在那個地方植入電子儀器——巴圖乾脆稱之為「零件」，可以發射和接收信號，於是這個人就和一組儀器聯繫在一起，這個人是不是還能算是人呢？）

（看起來，這個人的生命豐富了，但實際上，他有一部分，甚至可能大部分的腦部活動，會不由他自己控制，控制權移到了儀器上，那麼，他算是什麼？或許，巴圖所說的「活的機械人」是最好的稱呼。）

（「活的機械人」會奉命行事，要做的事，對他的本意而言，可能絕不願意，但自己另有力量去影響他的腦部活動，使他的意願改變，由不願意變成願意。）

（巴圖竟然成了這樣的一個人！不知道他保留了多少他自己？）

（這又是不是他要這種方式把錄音帶交給我的原因？）

（試想想，如果「電子零件」還在他頭上，他講的話，儀器都可以接收到。他要保持秘密，就不能講話，他要寫字，也必須閉上眼睛來寫，儀器才看不見。）

（我和白素，都感到了一股極大的寒意——用精密先進的科學手段來改造人的時代開始了？）

又過了一會，才又聽得巴圖的聲音：「想不到我還要簽志願書。」

（那可能是隔了若干時間之後的事了。）

還是那個女聲在和他對答：「是，別再多問了，如果你不答應，安排意外，你躲得過七次，躲得了第八次嗎？」

巴圖的聲音有點憤怒：「告訴你，嚇是嚇不倒我的。我本來就是自願，而且，這種植入手術，沒有什麼大不了，我見過更大的手術。」

女聲問：「例如——」

巴圖大聲回答：「例如換頭：A區主席的頭，就被移植在一頭強壯而年輕的身體上。」

女聲沒有表示什麼，接下來是巴圖在簽字了——紙和筆尖磨擦的沙沙聲。

（然後，聽到了若干不應該聽到的聲音，我和白素曾作過討論。）

（聲音，顯然是手術進行時的聲音：醫生吩咐護士遞交各種外科手術用具，一些金屬的碰擊，和醫生與醫生之間急速的交談。）

（聲音斷斷續續，並不連貫，出現在錄音帶中，不超過十分鐘，但實際進行的時間，怕有十小時，我相信那是手術實際進行的時間。）

（問題來了：這樣的大手術，絕對需要進行全身麻醉，在手術室中，沒有理由有錄音設備，就算有，超微型錄音帶，也不會落入巴圖手中。）

（而巴圖又在被麻醉狀態之中，是誰在進行錄音？）

（我提出了這一點，白素的分析是：「超微型錄音設備，可能一直在巴圖身上——」）

（我道：「他全身麻醉的狀況之下，也能控制？」）

（白素側着頭：「控制的方法，可能十分簡單，我看這一段錄音，是在偶然的情況下記錄下來的，詳細的情形，以後若還有機會見到巴圖，可以問他。」）

（我忙道：「當然再見到他。」）

在手術完畢之後，又是巴圖和女聲的對話。那也不知道是多久以後的事。

先是女聲說：「你體質極好，外科傷口，已經完全沒有問題了。」

巴圖「哼」地一聲：「我有一股顏面神經，好像在手術進行時，受到了干擾。你看，現在我笑起來，嘴角向上彎的程度，並不對稱。」

女聲「哦」地一聲：「不是很看得出，可能慢慢會好，現在，我們要做一些試驗，有一疊圖片，需要你凝神向它們看。」

（在這句話之後，是另一段對話，可知錄音受控制進行，認為沒有必要就停止，可以使錄音帶發揮最大的作用，記錄下更多聲音。）

（控制錄音的人，當然是巴圖——這種情形，那女聲所代表的勢力，可能根本不知道，一直不知道。）

（巴圖畢竟是一個極其出色的人。）

（猜想在兩段對話之間，巴圖做的事，是凝神看一些圖片，也可想而知，那是植入手術是否成功的一項測試。）

（如果成功，巴圖眼中看出來的圖片，在五百公里的範圍內，都可以通過儀器，在熒光屏上顯示出來。他講的話，同樣也可以在一定的距離之內，被儀器接收到。）

（這種情形，相當可怕，若是進一步，植入的電子零件，竟然能接收到人的思想，那就更可怕，人就完全沒有了自己，只好接受控制了。）

（另一段對話，還是巴圖和那個女聲。那位女士究竟是什麼人，我和白素，一直想不出，只知道她身材豐滿，而且樣子一定十分突出，因為巴圖一見就認得出她。神秘的是，見了她，就已經是參與了極度的秘密，由此可知，她一定另外有一個公開的身分，而由她公開的身分，絕對無法聯想到她的秘密身分。）

還是女聲先開口：「好極了，一切都合乎理想，太好了，現在，你再看這些幻燈片，你看，你認得出那是什麼地方嗎？」

巴圖先是不肯定的「唔唔」聲，不一會，他就興奮地叫道：「蒙古，蒙古草原。」

他叫得那麼興奮，自然大有道理，因為他出生在蒙古草原，是一個孤兒，雖然他離開蒙古草原許多許多年了，但是出生地的風光，總會喚起一些童年的回憶。

女聲問：「好眼光，你可看得出，這是哪一部分的蒙古草原？」

巴圖笑道：「只怕世界上沒有人能分得出來，除非有特別的地可供辨認，蒙古所有草原，都一樣，從外蒙的唐努烏梁海，到內蒙的扎費特旗，都不會有什麼不同，這是哪裏？」

女聲說：「真巧，就是原屬唐努烏梁海的西北部的一處大草原。」

巴圖問：「給我看這圖片，有什麼特別意義？」

有一下機器運轉的聲音，可能是換了一張幻燈片，巴圖的聲音響起：「那麼多人，咦，有許多軍人，好傢伙，穿將軍制服的，至少有五個人，發生了什麼重大的事？他們圍着的……哼，像是一些失事飛機的殘骸。」

女聲充滿了由衷的佩服：「真了不起，一看就看出了那麼多問題來。這張照片，是我們的一個人拍的，千辛萬苦，才到了我們手上，你再看這張。」

巴圖「唔唔」聲，然後道：「的確有一架飛機失事了，唔，失事的飛機樣式相當舊，我看，唔，是英國製的三叉戟。」

發出了「嘖」的一下聲響，多半是那位女士覺得巴圖實在太精彩，所以忍不住在他的臉上，親了一下。

巴圖則突然發出了一下驚呼聲——他自然不是為了突然的美人香吻而驚呼，是想到了什麼特別的事。

（我和白素聽到這裏，也不約而同發出了一下低呼聲，也是由於突然想起了一件事。）

（巴圖忽然變成了植入電子零件的活機械人，事情已然怪異之極，忽然又和那樣一件事發生了聯繫，實在不能不駭異驚呼。）

巴圖的聲音，緊張得聽到的人，也忍不住要屏住氣息，他在問：「這……就是那次飛機失事？就是那次著名的墜機事件？」

女聲十分嚴肅：「不是意外，是被追蹤的空對空火箭擊落的。」

巴圖吹了一下口哨：「飛機上全是顯赫一時的人物，其中有一個，曾是一人之下，萬人之上的元帥。」

女聲道：「是啊，這位元帥，竟然奇蹟也似，並沒有死。」

巴圖發出了一下類似呻吟的聲音：「不是所有公布，都說他死了嗎？」

女聲道：「請你看下一張。」

巴圖簡直在大呼小叫：「真是他，真是他，唉，這個曾指揮過百萬大軍，身經百戰的元帥，現在看來，也就是一個禿頭老人，他身邊的那隻箱子——」

女聲有明顯的吸氣聲：「那是一箱重要之極的文件，人人都想得到，包括我們。」

巴圖道：「我的任務就是——」

女聲一字一頓：「把元帥找出來，能連人帶文件一起弄回來最好，不然，只要文件，人可以不要。」

巴圖沒有立即出聲，只有急速的腳步聲，然後他才道：「人，當然在蘇聯國家安全局手裏，何必去找？只怕這是無法完成的任務。」

動人的女聲發出了一下低嘆：「奇的是，KGB也在找他。」

巴圖聲音駭然：「什麼？難道蒙古人把他藏起來了？那不可能。」

女聲又嘆了一聲：「究竟發生了什麼事，沒有人知道，你看到他，身邊有箱子，背景就是離出事不遠處的草原，那是飛機出事後不久拍攝的。」

巴圖道：「誰拍的？」

女聲道：「據我們的人說，是一個牧人，是他叫住了牧人替他拍的，他還對牧人說，他是一個十分重要的人，牧人不認識他，我們的人最早發現那牧人，所以就得到了這張照片。拍了照之後，他連照相機送給牧人，看他的用意，像是有意要使這張照片流傳出去。」

巴圖的聲音之中，充滿了迷惘：「那有什麼作用？」

女聲緩緩吁氣：「好讓世人知道他沒有死，可是由於照片沒有公開的機會，就落到了我們手裏，所以，他沒有死，只有極少數人知道。」

巴圖的聲音有點六神無主：「真想不到，真……真想不到……照片……」

女聲道：「你自己看，照片的詳細資料。」

巴圖在喃喃地念：「時間是飛機失事後兩小時，距離墜機地點——」

女聲有點不滿地打斷了巴圖：「你看就可以了，何必念出來？」

巴圖就沒有再出聲。

（我和白素，那時也駭然之極。）

（「元帥墜機身亡」一事，舉世皆知，可是事實上卻又確有證據，證明他沒有死。）

（正如巴圖所說，他如果沒有死，一定在蘇聯人手裏，怎麼KGB也在找他？）

（算算時間，那時離墜機大約三個月。）

（難怪巴圖消息全無，原來他在從事關係那麼重大、那麼神秘的勾當。）

（當然他也不能對我說——他說什麼，儀器接收得到，會知道他向我泄露了秘密。）

（他後來怎麼又到芬蘭去了？）

（我真是心癢難熬，可是偏偏錄音帶紊亂之至，心急也急不出來。）

第六部

隨機生還

元帥失蹤

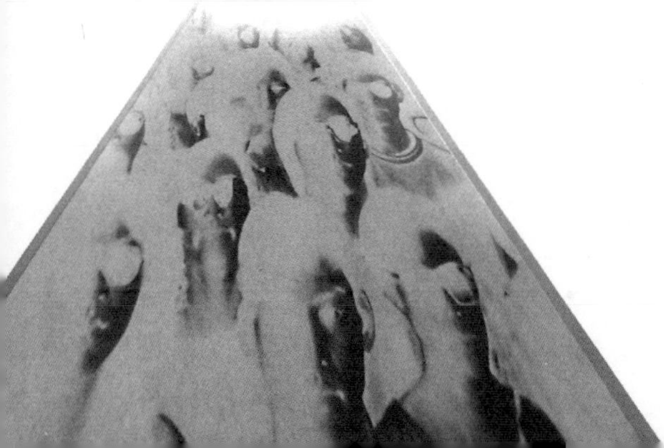

巴圖的聲音，充滿了疑惑：「這些日子……有三個多月了，他在什麼地方？」

女聲吸了一口氣：「沒有人知道。」

巴圖叫了起來：「這不可理解——」

女聲道：「我們的人報告，完全可以相信。」

巴圖有點不耐：「那個他媽的『我們的人』是誰？」

女聲回答：「是你在照片上見過的眾多將軍中的一個，為我們工作，他的報告在這裏，你可以看。」

接下來，便是一下翻紙聲。

（無法知道報告寫什麼，只好肯定，元帥在拍了那張照片之後，就不知所終，但在蒙古草原上，沒有交通工具，沒有馬匹，絕不可能走遠，這是普通常識。）

果然，巴圖立即問出了這個問題。

女聲的回答是：「當然，我們的人知道他還生存，是他遇到那牧人之後的三小時。他帶着一隻大箱子，看來相當沉重，他的體力衰弱，又才遭巨變，估計三小時，他至多移動十公里，可是循他走出的方向追上去，卻沒有找到他。」

巴圖固執地道：「不可能，沒有道理。」

女聲有點惱怒：「事實就是如此，世上有許多看來不可能的事在發生，不然，為什麼會有你這樣的人？」

巴圖哼了一聲：「他從此沒有再出現，也沒有人再見過他？」

女聲給以肯定的答覆：「是，在他離開的方向約三公里處，有幾個帳幕，大人都出去放牧了，有幾個兒童，都很小，也問不出什麼來，由於我們的人嚴守秘密，所以並沒有大規模的搜索，後來KGB也知道了，多半是在墜機現場，沒有發現他的屍體，所以才起疑，也曾作過搜索，但沒有結果。」

巴圖又哼了一聲。

女聲追問了一句：「你清楚自己的任務了？」

巴圖大聲回答：「再清楚沒有，派我去，有一個最大的好處，一到了蒙古草原上，我就和當地的牧人一樣——我本來就是那裏來的。」

錄音帶的第一部分，到這裏告一段落。

我和白素呆了好一會，我才道：「這位顯赫一時的元帥，上哪裏去了？秦始皇的地下皇陵再大，也決無可能伸延到唐努烏梁海去。」

白素瞪了我一眼，她自然知道我是指當年馬金花神秘失蹤，進入了秦始皇地下宮殿一事而言——這件事，記述在《活俑》這個故事中。

她道：「哪有那麼多地下宮殿。」

我攤手：「那麼，他上哪兒去了？」

白素皺着眉：「可能遭到意外——」

她沒有再說下去，因為她知道這個可能性不大，她想了片刻，才道：「兩次失蹤，是不是有聯繫？都是謎一樣的失蹤。」

我怔了一怔，兩次失蹤，一次是元帥在蒙古草原上的失蹤，一次是相隔十年，一個小學教師和十來個小學生在芬蘭北部山區的失蹤。

兩次失蹤，看起來毫無可以聯得起來之處。

而且，也不很相同，元帥，人人都知道有這樣的一個人在，只是去向不明。

而教師和小學生，卻連哪裏來的，都沒有人知道。

所以我的語氣很遲疑：「不會有關係吧。」

白素也現出遲疑的神情來：「有這種感覺……」

沒有再討論下去，因為還有很多錄音帶，等着要聽。

第二部分的錄音帶，聽來更亂，但也可以知道，巴圖已經到了蒙古，也見到了那個牧人，和被那位女士稱為「我們的人」的那位將軍，大部分都是他們三人的對話，用的是喀爾喀蒙古語，我和白素，可以當時就聽懂大部分，有聽不懂的，事後也全弄明白。

先是巴圖和將軍的對話，他們在什麼地方見面，並沒有說明，身為將軍，而卻替外國情報機構工作，那是殺頭的大罪，可想而知，他們的會面，一定十分秘密，反正在外蒙古一百五十六萬平方公里的土地上，找一個兩個秘密會面的所在，總不是難事。

巴圖和將軍的對話，自然在適當的距離之外，給接收了的。

將軍的聲音聽來急促：「你到這時候才來。」

巴圖壓低了聲音：「遲了？已經發現了他？」

將軍憤然：「沒有，隔了那麼久，只怕發現的屍體，也已成了枯骨。」

巴圖沉聲道：「並沒有發現屍體。」

將軍顯得十分不耐煩；「草原那麼大，我們曾試過十多個士兵被匪徒殺了之後，隔兩年才發現屍體。」

巴圖道：「我的任務是要把他找到。」

將軍悖然：「祝你成功，等你找到了他，就再和我聯絡，我可以幫你離開，在你尋找期間，我想我們不必多聯絡。」

巴圖冷冷地回答：「根本不必聯絡。」

（巴圖和將軍聽起來不歡而散，不過將軍一定也安排了巴圖和那個牧人的見面，聽起來，巴圖和那牧人，在草原上一面策騎，一面交談，所以這一段錄音帶，除了有對話聲之外，還有風吹草動聲、馬嘶聲，運用些想像力，很有草原風光在眼前的感覺。）

那牧人敘述着當時的情形：「我們都看到天上有火光，有爆炸聲，只看到一股濃煙，直衝下來，大家，是的，當時我們有五個人在一起，大家一起趕過去看，我在最後面——」

巴圖問：「不對吧，五個人，在前面的四個，應該先看到他。」

牧人有點惱怒——巴圖離開蒙古太久了，忘了蒙古人最不喜歡人家對他的話表示懷疑。所以牧人提高了聲音：「他們沒有遇上，我遇上了，有什麼不對？」

巴圖連聲道歉，牧人才又道：「他講的話，我也不是很聽得懂，我的俄國話不是很好——」

巴圖的聲音聽來很意外：「他講俄文？」接着，他又自言自語：「他應該會點俄語的。」

牧人繼續着：「我只聽懂，他說自己是一個十分重要的人，比我們的喬巴山元帥還要偉大，至少一樣，他又取出了照相機，叫我替他照相，對了，就是在這裏……大概就在這裏。」

那時，巴圖和牧人，一定已到了當日牧人見到元帥處，所以牧人才這樣說，草原上到處一樣，牧人自己也未能十分肯定。

牧人繼續着：「拍了照，他說一定會有人來問我關於見過他的事，這張照片，可以換許多匹馬……哼，他騙人，照相機給一個軍人拿去，甚至沒有還給我。」

巴圖低聲說了一句什麼，怎麼也聽不清楚，想來是無關緊要的話。

牧人在忿忿不平：「還警告我不能對任何人說。拍了照後，他就拖着那箱子走，箱子看來很重，他半天也邁不出一步，我想幫他，他又不要。」

巴圖問：「他走得很慢，能走到什麼地方去？」

牧人笑了起來：「照我看，哪裏也走不到，我告訴他，三公里外，有我們的營帳，他都發了半天怔。」

巴圖嘆了一聲：「可是他卻不見了。」

牧人停了片刻，才道：「草原上有時……會有點怪事，不是人所能明白的。」

巴圖問得十分小心；「照你看，會不會他那箱子裏的東西貴重，有人把他殺了之後……埋葬，把箱子中的東西取走了？」

牧人怒道：「以前，草原上有強盜的時候，或者會有這種事，現在，我們全是正當的牧人，誰會做這種傷天害理的勾當？」

（我和白素互望一眼，巴圖果然相當能幹，他的這個假設，對於一個人拖着一隻箱子在草原上消失，可以說是最好的解釋。）

（我甚至以為那是唯一的可能。）

（白素卻只是說：有可能。）

巴圖「嗯」了一聲：「當然，草原上……唉，除了你之外，沒有別人見過他？」

牧人的聲音中有點遲疑：「這……很奇怪，營地上……他好像到過營地。」

巴圖的聲音大是興奮：「就是三公里之外的那幾個營帳？你怎麼知道他好

像去過？可是他留下了什麼？」

牧人道：「不是，而是小那斯吐模模糊糊説過一些話，很令人奇怪。」

（「那斯吐」是相當普通的蒙古人名字。加上一個「小」字，表示那是一個小孩子。）

巴圖忙問：「小那斯吐，多大了？」

牧人道：「兩歲多，剛在學講話，草原上的孩子長得鈍，大人又忙，捧着孩子講話的時間少，孩子學話也慢，所以——」

巴圖急速打斷了牧人的話：「小那斯吐説了什麼？」

牧人道：「小孩子的話——」

巴圖急道：「你不記得了？請帶我去見小那斯吐。」

牧人駭然：「在小孩子口裏，能問出什麼？」

巴圖沒有回答，再接下來，就是他和一個小孩子在對話，小孩子的話斷斷續續，口齒不清，有許多時候，聽來像是一面在吮吸着手指，一面在説話，又會忽然哭起來。

（巴圖相當珍惜錄音帶，孩子哭的時候，含糊不清時，他誘導孩子講的話都沒有錄，跳過去，所以聽起來，更是雜亂之極。）

（孩子所說的話中，真正對找人有點用處的，只有幾句。那孩子的語言能力相當差，莫非正如那牧人所說，草原上的孩子，由於見到大人的機會少，所以學話也遲？）

（郭靖在蒙古草原上長大，到四歲才說話。）

孩子在經過了反覆的詢問之後，才道：「有人……沒見過的人……拉着大箱子來……要水喝……他要水喝……要水喝……」

巴圖耐着性子，又講了很多好話，才問：「你給他水喝了？」

孩子卻又岔了開去，說了不少不知所云的話，牧人的聲音傳出來：「孩子還小，不會懂得舀水給客人，多半是客人自己去舀水。」

孩子忽然又叫了起來：「水，水，那邊。」

牧人道：「水，或馬乳酒，都在那個大營帳中。」

巴圖「嗯」了一聲——他自然向那個大營帳看了一眼，然後又問：「那人，你沒見過的，進營帳去舀水喝了？」

孩子總算答應得相當快：「是。」

巴圖盡量把話說得慢：「他離開的時候，向哪一個方向走的？」這句話相當複雜，巴圖在說的時候，多半比手劃腳，花了很多工夫，可是孩子一聽，就放聲大哭起來。

這時又出現了一個女人安慰拍打孩子的聲音，那女人道：「別問他，他什麼也不知道。」

女人說着，聽起來像是抱着孩子奔了開去，因為孩子的哭聲，正在迅速遠離。那牧人道：「孩子自己向人說起過那個陌生人的事，當天晚上，大人放牧回來，孩子就說了，說到最後，就是你問的那個問題。」

巴圖發急：「孩子怎麼說？」

牧人頓了一頓：「孩子說，那人……進了大營帳之後，沒有出來過。」

巴圖發出了一下如同抽噎的聲音：「沒有出來過？這是什麼話？」

牧人道：「是啊！當時聽到的大人都笑，孩子的父親很生氣，打了他一下，又呼喝他不許胡言亂語，所以你剛才一問，他就哭了。我早就說過，在孩子口裏，問不出什麼來的。」

巴圖發出的一下沉吟聲。

錄音到這裏又是一個段落。

（當時我就道：「巴圖至少應該到那大營帳中去看一看。」）

（白素道：「我想他一定立刻就進了那大營帳。」）

白素說得對，接下來的那一段對話，顯然就是在那個大營帳中進行的。

放牧人的營地，通常都有一座比普通蒙古包更大的營帳，用途極多，晚上，作為眾多人的聚會之處，放置許多屬於公眾的物件，大桶的馬乳酒，清水也全儲放在內，有時也存放私人的大型物件——多半是大的箱子之類。

錄音在開始的時候，有東西的碰撞聲傳出來，巴圖在說着：「好雜亂。」

那牧人道：「總是這樣子的，紮營久了，又快開拔，誰還來整理。」

巴圖道：「這裏面，別說躲一個人，十個人也躲下來了。又有水，又有酒，又有乾糧。」

那牧人顯然從來也沒有想到過，大是駭然：「他一直躲着沒有出來？不會吧……那麼久了，而且裏面那麼亂，是因為有人來找過，來了十多個，一大半是俄國人。」

巴圖忙問：「他們找得仔細？」

牧人悻然：「怎麼不仔細，一件件東西全搬出來，幾隻大箱子，還叫打了開來，又在每一個營帳中找，像是認定他在這裏了。」

巴圖深深吸着氣，牧人接着道：「還不是沒有找到。」

巴圖再追問：「這裏要是躲着人，你們不易覺察？」

牧人不耐煩：「誰會想得到？誰要躲在這裏？」

（那牧人的不耐煩，大有理由，他的反問，也十分應該。巴圖似乎沒有理由一再懷疑有人躲着。）

（可是接下來，突如其來的變故，卻證明了巴圖有着過人的敏銳。）

牧人的話才一住口，突然有另一個男人的聲音：「我，我要躲在這裏。」

那人講的是俄語，而且，顯然他是不知從什麼古怪地方冒出來的（後來立即知道了），所以牧人發出了一下怪叫聲：「你……你這個人，躲在箱子裏幹什麼？」

冒出來的是一個俄國人，而且怪異到了是從一隻大箱子中冒出來的。

巴圖卻沒有出聲，無法知道在那幾十秒鐘，他在幹什麼，但自接下來的聲音聽來，他一定處於極度驚駭之中，以致說不出話來。

因為接下來，仍是那俄國人在說話：「巴圖，我的老朋友，我早就知道，你們要派人來的話，只要你沒有死，你是唯一的人選。」

巴圖直到這時，才「啊」地一聲，叫：「老狐狸，是你，你沒有死，我當然不敢死。」

巴圖這時用的也是俄語，他的俄語也極其流利。他接着又問：「你躲在這裏多久了？」

老狐狸（當然是一個人的外號）呵呵笑着：「超過兩個月了。」

巴圖發出了一下頓足聲：「我一進來，就覺得這裏極適宜人躲藏，果然如此，你躲在這裏幹什麼？」

老狐狸回答：「等他出來。」

（由於後來，錄音帶上記錄的聲音，表示出一件極不可思議的怪事，我和白素，翻來覆去地聽了很多次，才算是有了一點頭緒，但也不敢肯定，所以在敘述中，加上了我們很多的推測，用的語句，也相當遲疑。）

（當時，我就問：「你猜想，這個老狐狸是什麼人？」）

（白素道：「我猜是蘇聯情報機構的高級人員，和巴圖是舊相識，他們多半是早在二次世界大戰期間，大家同屬盟軍時認識的。」）

（我同意白素的推測；「而且他們的私人交情還十分好，不然，老狐狸不會現身出來。他說他在等人出來，等什麼人？」）

（白素說：「聽下去，應該有分曉。」）

聽下去，是巴圖在問：「等誰出來？」

老狐狸的聲音有點疲倦：「你到這裏來，要找的是什麼人？」

巴圖顯然又受到了震驚，罵了一句髒語，才道：「我們的情報工作較為慢，只知道你們在找他，不知道你們已確定了他的所在。」

老狐狸顯然在向巴圖走近，而且，在喝那牧人離去，然後才用聽來十分神秘的聲音道：「不是我們知道，是我一個人知道。」

巴圖訝異：「保密？」

老狐狸嘆了一聲：「無法對任何人講，人的想像力都不知到哪裏去了，講了也不會有人相信，只會把我當神經病，哼，不知多少人想我退休，官不大，可是眼紅的人不少。」

巴圖笑着：「還是那麼喜歡發牢騷。你有了什麼發現，要運用想像力才能接受？」

老狐狸的聲調有點急促：「太奇異了，我一直在想，大約只有你，和少數幾個人，才能接受的這種怪異的事，你出現，真是天意。」

巴圖不耐煩：「說吧，什麼發現？」

老狐狸多半這時拍了一下巴圖的肩頭，傳出了「啪」地一下響：「一定要從頭說起，你才會理解，我盡量說得簡單一些好了。」

巴圖咕噥一句：「愈簡單愈好，時間不夠了。」

老狐狸問：「你說什麼？」

巴圖道：「快說你的事吧，我的事，說了你也不會明白的。」

（巴圖那句話的意思，我倒明白。因為那時，那卷超微型的錄音帶，所餘無幾。巴圖一定把錄音機放得十分秘密，要是用完了錄音帶，他不能當着老狐狸面前換上新的帶子，那麼，錄音就要中斷。）

（我一想到這裏，不禁是在焦急，甚至冒出汗來。）

（因為老狐狸說他有了神秘之極的發現，看來是整件事的關鍵，要是竟然沒有錄下來，那簡直吊胃口之至。）

（而且老狐狸說「等他出來」，聽來像是他已知那個失蹤元帥在什麼地方。）

老狐狸飛快地道：「我們接到了消息，來搜查，沒有離開過這裏的範圍，因為沒有任何人再見過他。搜查很仔細，送給上頭的報告是：「並無發現」。但實際上，我卻有發現。

巴圖大大地吸了一口氣。

老狐狸道：「你看到那兩口大箱子？」

巴圖道：「是，你就從其中的一口內冒出來，難道元帥躲在另一口箱子中？」

第七部

人在圖畫中

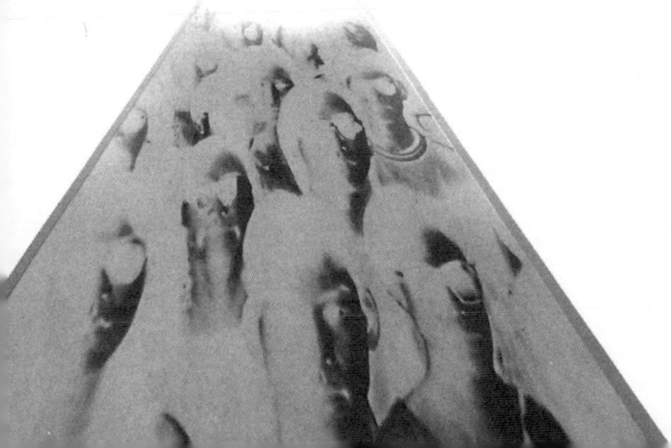

巴圖這樣説，顯然是在開玩笑，可是老狐狸卻好一會不出聲，急得巴圖連連催促，他才道：「你過來，你看，兩口箱子都很大，但不同，嗯？」

巴圖道：「其中，這一口，看來精緻得多，上面應該有繪畫，年代久遠，剝落了。」

隨着巴圖的語聲，有「篤篤」的聲音發出，那自然是巴圖用手指在敲打着箱子。

老狐狸道：「這口箱子是古董，極有價值，一定是許久以前，王公所有，牧人不識貨，把它當普遍的箱子。當時在搜尋的時候，我就在打主意，看看用什麼方法把它弄了來，運回莫斯科去。」

巴圖笑罵：「幾十年了，你這種偷雞摸狗的毛病，還是改不了。」

老狐狸又道：「這種箱子，有一個特點，不但在箱子外面，有十分精緻的繪畫，連箱子的裏面，也每一面都有着精緻的畫，畫的題材十分廣泛，有的甚至是十分精美的春宮。」

巴圖又笑道：「這口箱子外面的畫，早就因為年代久遠而剝蝕了，裏面的還保持完好嗎？」

老狐狸的聲音，聽來極度異樣，甚至有點發顫：「你可以自己看。」

巴圖打開箱蓋的聲音和低嘆聲，都聽得很清楚，那自然是他依言打開了箱蓋，看到了箱子內部的繪畫，感到驚嘆。接下來，是短暫時間的寂靜，又是老狐狸那種異樣的聲音：「你看出了什麼名堂來？」

巴圖的聲音有點遲疑：「畫竟然保持得那麼好，色彩鮮明極了，你看那些人，那些馬，整個箱子內部，全是連接的放牧圖，青草的顏色，真驚人，不知道是什麼無名藝術家的傑作。」

巴圖一面說，一面連連讚歎，可知那箱子裏面的畫——放牧圖，真的畫得十分精美。

（我和白素聽得有點奇怪，巴圖和老狐狸，忽然對一口有着繪畫的古董箱子大感興趣，在當時的情形下，很說不過去，因為他們有許多神秘莫測的疑團要解決。）

（果然，巴圖立即有了和我們一樣的想法。）

巴圖道；「你叫我看這些畫，有什麼目的？」

老狐狸「嗖」吸了一口氣：「你看仔細，我給你電筒，你仔細看，畫裏面每一個人，都是十公分左右大小，你一個個看過去。」

巴圖顯然不知道老狐狸的用意何在，他勉強答應着。這時，可以想見他拿着手電筒，在箱子內部照射，一個個人看過去，不時發出一些讚歎聲：「畫得真像，神態生動之極，你看這老婦人，額上的皺紋形成多麼奇特的圖案。」

他一直喃喃地説着，都是一些無關緊要、和那箱子內的繪畫有關的話，然後，突然之間，他停頓了下來，一聲不出。

這種突如其來的停頓，可以使人感到，他一定是在突然之間，看到了什麼怪異莫名的情景。

（我雙手緊握着拳，心中焦急莫名，想知道巴圖究竟看到了什麼。）

（白素把她的手，溫柔地加在我的手背上。）

（我吞了一口口水，盯着錄音機看——那自然沒有作用，看是看不到什麼的。）

巴圖的話突然停頓，不超過三秒鐘，接着，他以駭異絕倫的聲音道：「老狐狸，你……早已看到了？這……怎麼可能？這……是什麼……魔法？」

老狐狸的聲音發顫：「你……說得真好……魔法……一定是一種魔法。」

巴圖仍然在尖聲叫着：「天，這明明是他，明明是他！誰都可以一眼就認得出來，他那隻箱子還在，他……一直靜止？還是在動？」

老狐狸嘆了一聲：「靜止的吧？可是，我還是在等，等他出來。」

這一段對話，巴圖和老狐狸的語調，都快速無比，而且講的話，又莫名其妙之至，所以我們反覆聽了好多遍，才算是聽清楚了他們講的話，並且將之化為文字，記了下來。

可是，那一段對話，是什麼意思，我和白素，一時之間，都無法了解。

白素首先道：「巴圖看到的景象，和『魔法』有關，他一提出，老狐狸就同意了。」

我苦笑：「那是什麼意思，魔法可以造成任何現象，他看到了什麼？他正用電筒在照着箱子內壁的繪畫，怎麼忽然會聯想到了魔法？」

白素緩緩吸了一口氣：「他正是在畫上，看到了絕不應該見到的景象——」

我叫了起來：「他看到的是一個人，他說：『這明明是他，人人一看就可以認得出——』」

白素立時接着說：「是，這個人，還有一口箱子在他的身邊。」

講到這裏，我們兩人都突然停了下來，互望着，心頭感到陣陣寒意。

我們都想到了巴圖看到了什麼樣的魔法造成的現象，可是我們又同樣不願承認，因為那實在太詭異了。

當時，我雙手無目的地揮動了一會，突然拿起電話聽筒來，白素望向我，我道：「打電話給原振俠，這個古怪醫生，對巫術極有研究，一個超級女巫甚至認定他是生命中唯一的男人……他或許可以提供一些意見。」

白素緩緩搖着頭，我看得出，她並不是不贊成我打電話，而是事情實在太怪異，使她的思緒茫然，不知該做什麼才好的一種自然反應。我其實也不是真的想找原振俠，也是因為無所適從，隨便找一件事來做做，所以，沒有撥號碼，就放下了電話。吞嚥了一口口水，我道：「他們看到……了他們要找的人，在圖畫中。」

我鼓足了勇氣，才講出這句話來——那的確需要勇氣：他們要找的人，煊赫一時的元帥，在草原上忽然失蹤，怎麼找也找不到，可是，卻出現在一口箱子內部的繪畫之中。

人，進入了畫中。

這種情景，巴圖倒是形容得十分貼切：魔法。

不知是什麼魔法，把他攝進了畫中去，使他成為畫中人。老狐狸先發現了這一點，他當然不敢對任何人說，說了，就會被人當神經病。

可是他也不肯就此放棄，所以他在營帳中等，希望被攝進畫中的人，在魔法解禁時，又會從畫中走出來。

白素深吸了一口氣：「一定是那樣……這……這……」她也不知道該說什麼才好。

巴圖忽然叫了起來：「老狐狸，是你在玩花樣，人已經在你們手裏，可是你卻編了這樣一個故事，在這裏畫上一個和他一樣的人，想用這種鬼話騙我相信，不再找他。這是你的鬼把戲。」

老狐狸的聲音有點悲哀：「我會畫畫嗎？你看看，這人畫得多好。」

（巴圖突如其來的責問，很能把我們的思緒，從虛幻到全然無從捉摸的境地，拉回現實，巴圖的指責，自然大有可能。我甚至忍不住叫：『你自己不會畫，可以找別人來畫。』）

巴圖立時道：「有的是會畫畫的人。」

老狐狸又長嘆了一聲：「老朋友，這的確很難接受，人到了畫中，可是你的指摘，決不是事實。」

巴圖大聲說着話，而且不住有「砰砰」聲傳出來，他顯然一面說，一面在不斷拍打着那箱子：「我無論如何不會相信。」

老狐狸聲音沉着：「你要不要聽我的解釋？」

巴圖粗聲粗氣：「你不可能有任何解釋。」

老狐狸道：「好，只算是假設——我假設他打開箱子，不知為了什麼原因，他可能鑽進箱子去，或者想躲一躲，或者就在箱子邊上，一種不可知的力量，就把他攝進了圖畫之中。」

巴圖厲聲道：「沒有比這番鬼話更鬼話的了。」

老狐狸的聲音，卻表示他真心誠意想把問題解說明白：「我在這裏很多天了，有時，午夜人靜的時候，我貼近箱子——把耳朵貼在箱子上，甚至隱隱可以聽到草原放牧時所應有的一切聲響，風吹草動聲、馬嘶聲、人聲、歌聲，還有——」

巴圖插了一句口：「還有你這老狐狸的放屁聲。」

老狐狸再嘆了一聲——不知道他為什麼要頻頻嘆氣：「我知道，這種力量會把他攝進圖畫去，就有可能把我也弄進去。好好的一個人，被弄到圖畫裏去，想起來，總不是十分愉快，所以我不敢躲在這箱子裏。」

巴圖聲音冰冷：「你想說，如果躲進這箱子，人也會進圖畫中去。」

老狐狸並沒有立時回答，只聽得巴圖在斥責：「你為什麼不斷眨眼？又想打什麼壞主意？」

可知老狐狸在不斷眨眼——巴圖和老狐狸熟，也就知道他不斷眨眼，是在動壞腦筋。

老狐狸道：「你的任務是找他，你又不相信我的假設，你有膽子，大可以躲在箱子中，看看是不是有機會進圖畫中去。」

巴圖「哈哈」大笑：「你有什麼目的，只管說，何必用這種拙劣的方法騙我進去。」

老狐狸再嘆了一聲：「你不想想你現在在什麼地方，而我又是什麼身分？只要我一聲令下，你再神通廣大，也逃不掉。」

巴圖呆了片刻，老狐狸表示他要對付巴圖，根本不必靠什麼詭計，這倒十分實在，巴圖沒有理由不相信——有一段短暫的沉默，只聽得「啪啪」聲不斷傳來，當然是巴圖拍着箱子在沉思。

然後，巴圖笑說：「為了完成任務，進入圖畫之中，這倒是前所未見的經歷。如果我真的進去了，不知道是不是能看見你？」

老狐狸道：「不知道，但我一定可以看見你，就像我們可以看見他一樣。」

巴圖又嘰咕了一句什麼話（怎麼聽都聽不清），才又道：「好，我就試試，先給我喝點酒——」

老狐狸的笑聲中，透着狡獪：「你還是帶一大桶酒去好，圖畫上好像沒有酒。」

接着，果然有搬動重物的聲音，和巴圖與老狐狸對飲的聲音，然後，就靜了下來。

在靜下來之前，有「啪」地一下響，像是箱子的蓋子被蓋上了。

錄音帶在這裏又告一段落。

我和白素，呆了片刻，我道：「我看巴圖的指責對，全是老狐狸在搗鬼。」

白素沒有肯定的答覆。

我又試探着問：「要是巴圖真的到圖畫中去了，這十年，他一直在圖畫裏？」

白素仍然不置可否，沒有確實的設想之前，白素一般很少隨便臆測。在這種情形下，我反倒覺得溫寶裕式的胡言亂語有可取之處。

又過了一會，白素向我作了一個手勢，示意繼續聽錄音帶。

我想了一想，想把胡說和溫寶裕找來，可是白素的一個眼色阻止了我，我明白她這個眼色的意思：事情太怪誕，連我們也覺得遍體生寒，在全然沒有眉目之前，最好別讓小朋友知道。

繼續聽下去，巴圖的第一段話，就把我們嚇了一跳，不知道他那樣說是什麼意思。

巴圖的那一段話，顯然是他的自言自語，是他要說明一些情形，他又覺得十分重要，所以才錄下來。

他的語調十分輕鬆：「明知道他是老狐狸，可是還是上了他的當。他編的鬼話，那麼幼稚，我居然也會上當，真是陰溝裏翻了船。」

「老狐狸將我騙進了箱子，事先又和我喝了那麼多酒，酒中可能有麻醉藥，不然，我不會被他移動了還不知道。我究竟昏睡了多久？好像已過了一夜，我被移出了多遠？也無法知道，草原上，到處一樣，到處有牧人，有馬，有營帳，老狐狸自然不想我完成任務，所以才出詭計騙我。由此可知，要找尋的目標，極可能在他們手上，應該從老狐狸身上着手。」

「當然，草原再大，我也會有和老狐狸再見面的機會，到時再算帳。」

（巴圖的那一段話，聽來是特地講給他組織聽的，在話中，倒很明顯地道出了他的處境：他仍然在草原上，不過時間過了一夜，他又被移動過。）

（本來，我們緊張地在等，以為他會「進入圖畫」，結果卻是那樣，頗有虎頭蛇尾之感，相視啞然。）

接下來，是一陣馬蹄聲，巴圖用喀爾喀蒙古語叫：「請停一停，請停一停。」

馬蹄聲在十分接近處停止，巴圖問：「請問，我在什麼地方？」

而回答，是一把年輕的聲音，用的卻是達斡爾蒙古語：「你是從哪裏來？」

巴圖顯然想不到自己會遇上了達斡爾部落。蒙古的大大小小部落很多，語言大不一樣，一般來說，雖然部落和部落之間，沒有什麼界限，但從一個部落的放牧所在，到另一個部落，總有幾百公里的距離，他未曾想到自己被移出了那麼遠。

巴圖從哪裏來，這個問題他也無法回答得出，草原上只有大地名，很少有小地名，如果說從草原來，那更沒有意義。

所以，他笑了起來：「我竟不知道自己是從哪裏來的。」他用的也是達斡爾語。

另一個蒼老的聲音道：「那倒好，我們全不知道怎麼來的，你正好和我們一樣。」

巴圖略怔了一怔：「我只是不知道從哪裏來，不是不知道怎麼來。」那蒼老的聲音問：「有什麼不同？」

巴圖呆了片刻，顯然也想不出有什麼不同，所以無法回答，就在這時，又有馬蹄聲傳來，那年輕的聲音道：「老奶奶，你怎麼又出來了？」

一個聽來極老的老婦人聲音道：「鬆鬆筋骨，老坐着不動，真把自己當老人了。」

老婦人和年輕人交談，巴圖可能就在近前，情景可想而知：巴圖叫停了策騎而到的一老一少兩人，正在問路，老婦人也馳近來了。

在草原上，發生這樣的情形，應該再普通也沒有。可是突然之間，巴圖發出了一下驚駭欲絕的叫聲：「你——」

那聲音尖厲可怖之極，要不是他真的驚恐，以他的為人，斷然不會這樣大驚小怪。

他不但在尖聲叫，可能還有一些十分怪異的動作，因為那一老一少兩個人，陡然呼喝：「你幹什麼？你是瘋子？滾開。」

巴圖那時，多半在向他們接近，所以才會遭到了這樣的呼喝，然後，是馬嘶聲、馬蹄聲，顯然是策騎者已疾馳了開去，剩下來的，只是巴圖的喘息，粗聲粗氣，聽來十分急促，可見他餘悸未已。

過了好一會，才是他的自言自語，聲音之中，仍然充滿了驚恐：「我在什麼地方？老天，我……剛才見到了什麼？那老婦人，我認識她，我一定認識她，她臉上的皺紋，我那麼熟悉，我在哪裏見過她？在哪裏見過她？」

他自己問自己的聲音，愈來愈是尖厲。

（我和白素互握着手，手心中都在冒冷汗。剛才我們啞然失笑間，心情已相當輕鬆，可是這時，卻又像是繃緊了的弓弦。）

（我們都在那一段的錄音帶之中，聽出究竟發生了什麼事：巴圖看到了那老婦人，雖然他不斷自己問自己「在哪裏見過她」，但是他自己心裏再明白也沒有，他在箱子內壁的畫上見過她。）

（當他和老狐狸一起看着箱內畫的時候，曾因為畫中人物的逼真而感歎，又曾提及過一個老婦人，畫得皺紋都一條一條，看得清清楚楚。）

（我忙又把那一段錄音找出來聽，巴圖當時這樣講：「你看這老婦人，額上的皺紋形成多麼奇特的圖案。」那一定給他十分深刻的印象，所以他一看就可以認得出來。一個明明只是在畫中見過的的老婦人，忽然之間，活生生地出現在面前，會騎馬、會講話，這如何不令人吃驚？而更令人吃驚的，自然是接下來的聯想——畫中的人活生生到了面前，那表示什麼？豈不也正表示他進入了畫中？）

（這才真正令人感到害怕，所以巴圖不敢承認自己在什麼地方見過這個老婦人。）

他急速的喘息聲持續了很久，才算是漸漸恢復正常，他語調急促：「我明白了，我看到了畫中的人，我……到了畫中？和……我要尋找的人一樣？可是，為什麼我一點也沒有異樣的感覺，藍天白雲，青草翠綠——」

接下來是一連串不知名的聲響，猜想是他正用各種方法試驗，看自己處身的環境。

他不住在說着：「草是真的，泥土是真的，馬是真的，人是真的，什麼全是真的，我不會是在畫中，畫中的人全靜止不動，我見過，我不是在畫裏。」

在那幾句話的後半段，他可能是在向前急速地奔走，聲音十分亂，持續了相當久，巴圖一下子悲哀自己進了畫中，一下子又否定自己在畫內，思緒紊亂之極，說的話也語無倫次，自相矛盾。

至少在五六分鐘之後，才聽得他又在向一個人問：「這裏是什麼所在？」

回答他的，是一個中年人的聲音，十分之答非所問：「每一個人開始的時候，總喜歡問這裏是什麼所在，等到久而久之，就不會再問，什麼所在不一樣？草原就是草原，人生就是人生，有什麼好研究？」

巴圖的聲音提得極高：「實實在在回答我，別弄神作怪。」

那中年人冷笑一聲：「我就是不知道，和你說得夠實在的了。」

巴圖的聲音如同哭泣：「我們……是不是在一幅畫裏面？畫……是畫在一口箱子的內部。」

中年人的話中，充滿了怒意：「我聽不懂你的話，你說的才是裝神弄鬼。」

這時聽來又有幾個人走近來，有一陣子低議聲，巴圖語音之中，哭意更甚：「你們難道從來未曾想一想，自己是什麼人，在什麼地方？」

幾個人同時笑道：「想了有什麼用？反正我們一直生在草原，死在草原，想了又怎樣？」

巴圖長長地吸了一口氣。

（我可以知道巴圖在這時，想到了什麼。他在那樣奇詭的境地，自然想弄明白自己自何而來，在什麼地方，是什麼身分。但對於長期在這種境地的人，這些問題，一點意義也沒有。）

（巴圖如果不是忽然到了這種境地，還在他的「異種情報處理局」當局長，他也不會向自己問那些問題，原因是問了毫無作用。）

甚至可以擴展到更大來看，人一直生在地球，死在地球，人生匆匆，問這些問題，有什麼意義？

第八部

在草原上兜了三年

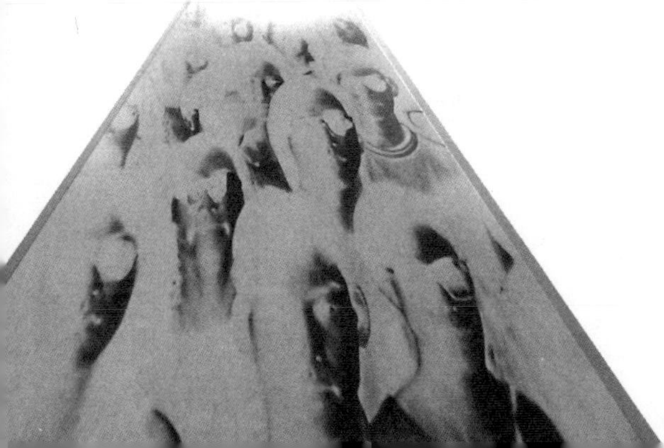

巴圖一定想到這一點，也感到自此之後，自己可能再離不開這幅草原——草原是一幅畫，他已經進入了畫中，在他接下來的自言自語中，他也肯定了這一點，他心境不像初時那麼激動，還懂得自己安慰自己：「理論上來説，我在畫中，他在畫中，我應該可以遇到他……這可以問人。」

接下來，巴圖果然問了幾個人：「可曾見到一個漢人，禿頭、瘦削、很老，拖着一口箱子？」

最後，有一個少女的聲音，道：「見過，前幾天，看到他在前面一株大樹下發愣。」

（我和白素互望一眼。）

（我發出一下呻吟聲：「他……真的進圖畫中去了。」）

（白素遲疑了片刻：「那太像恐怖電影的情節，不少神秘電影、小説，都曾有過這種把人攝進畫或鏡子裏去的描述。」）

（我點了點頭，可是，巴圖又真的有那樣的遭遇，這又怎麼解釋？可惡的巴圖，現在又到芬蘭去了，我也找不到他。他要不是那樣裝神弄鬼，一見面就把他十年來的遭遇講出來，事情總容易明白得多，比聽那些鬼錄音帶，要好不知多少。）

（白素顯然和我有同樣的想法，我們一起深深吸了一口氣：事情已到了這一地步，總得把所有的錄音帶聽完了再說。）

（我忽然想起，和我來往的人，大抵都有點怪異的行為。例如有能力在時間中自由旅行的王居風和高彩虹，就曾經留下神秘莫測的錄音帶給我，自己人又不露面，害得我不知損失了多少腦細胞。）

（那些神秘莫測的錄音帶，記述成《黃金故事》——或許他們的怪異行為，對我記述故事，很有幫助，可以使故事變得更懸疑曲折，看起來更增加趣味。）

巴圖的聲音很興奮：「是嗎？那株大樹，離這兒有多遠？」

那少女的聲音說「前面一棵大樹」，說的時候，照想，應該還有手勢，例如向前指了一下之類。而巴圖那樣問，顯然「那棵大樹」，並不在他的視線範圍之內。

在草原上生活的人，常在馬背上馳騁，距離觀念和常人不同，果然，那少女的回答是：「快馬半天就能由這裏到那棵大樹下。」

巴圖當時，可能曾連聲道謝，但是卻沒有錄音，原因多半是為了節省錄音帶。

再接下來，又是他在問人：「你有沒有見一個高瘦個子的漢人，帶着一隻箱子，六十多歲，身子很弱？」

為了簡化敘述，巴圖這樣問，約有七十餘次，他所得到的答案，也大同小異，都是肯定的：「見過，早幾天，見過他在樹下——或池邊，或草地上——坐在箱子上發愣，也不和人說話，不遠，快馬半天——或一天，或兩天——就能到。」

（我和白素在聽了那段錄音帶之後，十分駭然。）

（我按下了暫停掣，向白素望去，白素也向我望了過來，我們兩人異口同聲：「這說明了什麼？」）

（我雙手按在桌上，站了起來：「說明了在相當長的時日中，巴圖在大草原上尋找他要找的人，每一個人都説曾見過，可是他始終找不到。」）

（白素沉聲：「對，他被愚弄了。」）

（我用力一揮手：「巴圖機靈精明無比，他……不可能被愚弄了十年之久吧。」）

（白素側着頭：「別忘了，他自己以為是在一幅畫中，反正出不去，悠悠歲月，不如用來不斷尋找，可能基於這種心理，才使他一直被愚弄下去。」）

（我用力搖頭，仍然覺得事情十分不可思議。）

（白素作了一個手勢，示意再聽錄音帶。）

接下來的，又是巴圖的一段獨白。

他急促地在説：「我已經找了多久了？在這幅草原上，兜了多少日子？我見過多少人？在這幅草原上，我每一個，都至少見過了六七次，見來見去，就是那些人，那些人，我第一次見他們的時候，是在畫中，一幅畫中，畫在一個彩繪箱子的內部。現在，我也成了畫中人，所以兜不出這個草原，所以，也不會碰到陌生面孔——除非再有人，像我一樣，進了畫中。」

他說到這裏，在不由自主喘着氣：「可是為什麼我找不到元帥？他是不是在逃避我？我知道他一定也在這幅草原上，我一定要找到他。」

巴圖的語意，聽來還相當堅定，那證明他會繼續在草原上兜圈子。

（他當然一直未曾見到他要找的人。）

（但如果說，他在草原上，或者說，他在畫中，竟然十年之久，仍然不可想像。）

（我提出了這個疑問，白素也同意，而這個問題，也很快有了答案——接下來的那段錄音表示巴圖已經離開了那幅畫。）

他的聲音聽來極迷惘：「我又回到世界上來了，離開了畫，事先一點迹象都沒有，睡醒，覺得漆黑，覺得處身在一個十分窄小的空間。」

他續道：「用力一撐，撐開了箱蓋，發現自己在箱子裏，箱子在一個大營帳中，大營帳中除了箱子外，空無一物，老狐狸坐在不遠處，看到我，一臉錯愕的神色。」

又是他和老狐狸的對話。

（錄音帶的次序十分混亂，雖然花了很大工夫整理，可是還是有點錯亂，像這裏，巴圖和老狐狸的對話，應該在他的獨白之前，但一再整理時還是掉轉了。）

巴圖的聲音之中，充滿了迷惘：「我……我在世上，究竟消失了多久？你一直在等我？」

老狐狸的聲音，聽來大是激動：「你終於出來了，你終於從畫中走出來了。」

巴圖發出一聲「咯咯」的聲響，像是一只受了驚嚇的火雞：「我真的在畫中？」

一陣腳步聲，猜想是老狐狸走近箱子：「你看，該在的人全在，只有你不在了，過去三年，我一直看到你在畫裏面。」

巴圖的聲音如同呻吟：「三年，我在圖畫中，竟然過了三年？」

老狐狸也感嘆：「日子過得真快，這三年來，你在什麼樣的境況下生存的？一動不動，可是又有生命？你能不能思想，還是什麼都不知道？」

巴圖在那時，一定有很多莫名其妙的動作，因為有很多不明不白的聲響傳出來。他道：「我看到的情形不一樣，那片草原十分廣闊，畫中的每一個人……都在草原上生活，我……在他們之間，完全和在真正的草原上生活一樣。」

老狐狸陡然叫了起來：「我不相信，我不相信會有這樣的事。」

巴圖語音苦澀：「你說得對，世上只怕沒有什麼人會相信我的話。」

接下來，是一段時間的沉默，兩個人在急速喘氣，然後，是老狐狸聽來十分鬼祟的聲音：「那麼，你見到……他了？」

他在說的時候，可能向箱子內部的繪畫，指了一指。巴圖立時長嘆了一聲：「事情有點怪，人人都見過他，可是我在草原上兜圈子，兜了……三年？卻一直無法見到他一面。」

老狐狸也嘆氣：「他可能再也出不來了，老朋友，我真擔心你也出不來，天知道是什麼力量使你進去，也不知道什麼力量使你出來。」

巴圖在那時，可能打着寒戰，因為有一陣奇異的「得得」聲，聽來像是上下兩排牙齒相叩時所發。

巴圖自然有理由感到恐懼，他的經歷如此奇特，全然不知道是由一種什麼力量在主宰，要是真的永遠在畫中出不來……那真令人不寒而慄。

他聲音僵硬：「我總算出來了，我要……趕快離開這裏，回到現實世界去。」

老狐狸說：「那容易，可是……你任務沒有完成，怎麼報告？」

巴圖苦笑：「三年了……這三年之中，他們對我怎麼樣？可能以為我已經變節了。」

老狐狸聲音遲疑：「很奇怪，好像根本沒有你這個人存在一樣，我們的人用盡了方法，也無法探出你上司對你失蹤的態度。」

巴圖吸了一口氣：「難道他們仍然一直——」

他講了半句，就沒有再講下去，他本來是想說：「難道他們仍然一直可以接收到我的聲音，和我看到的一切？」

他沒有講下去的原因，自然是他不想在老狐狸面前，暴露他「半機械人」

的身分。

不過，他想到了這一點，心中一定相當高興，因為如果真是那樣，這三年來的怪異遭遇，說出來就比較容易取信於人。

巴圖頓了頓：「是啊，任務沒有完成，說起來真丟人，其實我大有……希望……也真難說，在畫裏，就算見到了他，又怎能把他帶出來？」

老狐狸也大為感慨：「說得也是，你可知道，這些日子來，這裏真熱鬧之極，成了世界上最熱門的特務間諜活動中心。他墜機未死的消息，知道的人愈來愈多，各方面都想把他找出來，他們自己那方面，派出了三個女特務，個個如花似玉，都用花朵的名稱做代號。」

巴圖「嗯」了一聲：「我聽說過……他們也知道他進了圖畫中？」

老狐狸的聲音有點惱怒：「這是我發現的一個巨大秘密，不是老朋友，怎會逢人就說。」

巴圖又長長吸了一口氣：「謝謝你，請你安排一下，我想立刻離去。」

老狐狸遲疑了片刻：「巴圖這不像你的行事作風，你一定不達目的，誓不干休。」

巴圖提高了聲音：「事情太怪異了，我沒有別的選擇，只好暫時放棄。」

老狐狸試探着問：「我還是要等下去。你何不與我一起等？等有朝一日，他會從畫中出來，像你一樣。」

巴圖的聲音大是恐懼：「不，不，你有興趣，你一個人等好了。唉，真難想像，這樣兜圈子，也兜了三年去。」

老狐狸回答：「三年，不過一千多天，算不了什麼。」

在這一段錄音完畢之後，所有的錄音帶，都已經聽完了，而且也理出了一個頭緒來。巴圖當然離開了蒙古，他在蒙古三年，「在畫中三年」，而杳無音信卻達十年之久，那麼，餘下來的七年，他在幹什麼？

我和白素商討着。巴圖在離開蒙古之後，自然，特務系統會和他立即聯絡，他也會把他的遭遇報告，他的上司可能相信，也可能不相信，他上司的態度，決定了他以後七年的處境，若是認定了他在胡言亂語，說不定會請他在精神病院長期居住。

憑空猜測，自然不會有什麼結果，白素看了我一副搔耳撓腮，心癢難熬的情狀，笑着：「有時候，你也別説溫寶裕，看你現在，就和他一樣。」

我衝着她瞪眼：「我們自然有性格相近之處，所以才會成為好朋友。」

白素笑得更歡：「你在這裏發狠有什麼用，巴圖和良辰美景在芬蘭，你要去找他們，再容易也沒有，何必在這裏焦急？」

我吁了一口氣：「真是，你去不去？」

白素側着頭，想了一會，搖頭：「有什麼特別發展，我隨傳隨到，如何？」

我們都習慣於單獨行動，白素的回答，也在意料之中，我隨口道：「巴圖竟然成了『半機械人』，外表上一點也看不出來，想來十分可怕。」

白素蹙着眉，像是另有所思，過了片刻，她才道：「我總覺得事情十分……不知有什麼地方，十分不合情理。」

我揮手：「人不知被什麼力量，攝進了一幅畫中，這種怪異的事，根本就不合情理。」

白素也揮着手，像是想把雜亂的思緒揮開：「我不是這意思，只是……現在說不上來，總之，事情有不合情理之處。」

我望向她：「試舉例以說明之。」

白素苦笑：「要是能找到一個絲頭，整個事情就可以真相大白了。」

我點頭：「這個頭，就在巴圖身上。」

白素忽然又道：「巴圖對於那女教師和小學生的失蹤，為什麼那麼有興趣？」

我不禁一怔：「遇上了那麼怪異的事，任何有好奇心的人，都會追查下去。」

白素的怪問題真多，我的回答，顯然未能令她的滿意，可是她卻已跳了過去，另外又問：「不知道那個老狐狸一直在等，結果如何？」

我道：「一直未曾聽聞這個元帥再出現，老狐狸等待，自然沒有結果。」

白素又換了話題：「常有文學家使用『人在圖畫中』這樣的句子，仍難想像真會有這樣的事。」

我苦笑：「這種事，真發生了，只怕滋味不是很好，所有的畫，全是平面的，真難想像人在平面之中，如何可以生活。」

白素抿着唇：「太難想像了……這或許就是我覺得事情不合情理的原因——連想像的餘地都沒有，我倒真想去做一件事。」

我不經意的問：「想去做什麼？」

白素的問答，卻嚇了我老大一跳：「想去見見那個『老狐狸』，看看他葫蘆裏到底在賣什麼藥。」

我雙手亂搖：「千萬別去惹這種人，這種人也撩撥得的？」

白素又道：「可以通過一個人去找老狐狸。」

我無可奈何，看來白素已經有了她自己的決定，我問：「通過什麼人去找他？」

白素道：「那位老太太，蓋雷夫人，她在整個蘇聯和東歐集團中，有相當的影響力。」

我搖頭：「第一，我反對你去見老狐狸。第二，就算要見，也不必再驚動別人，一客不煩二主，就叫巴圖做介紹人好了。」

白素沒有什麼反應，我不禁跳腳：「你不是想這就去見老狐狸吧。」

白素道：「當然不是，至少我要想通一些現在還莫名其妙的事。」

我吁了一口氣：「等我從芬蘭回來，如果要去見他，我們一起去。」

白素望了我片刻：「什麼時候起，我連行動自由都沒有了。」

我說得斬釘斷鐵：「從現在起。」

白素輕笑着：「你什麼時候去？到了赫爾辛基，如何去找巴圖？」

我呆了一呆，赫爾辛基說大不大，說小不小，要找三個人，還真不是易事。他們走的時候，又沒說如何聯絡，連巴圖為什麼會在赫爾辛基，也只知道他是在「追蹤一條狗」，到了那裏，三五七天，找不到他的蹤迹，絕不意外。

白素望着我：「我看，他們到了，不論調查有無收穫，總會打電話給我們，到時再去多好，等一等？」

我吸了一口氣，看來除了「等一等」之外，也沒有別的辦法，預算巴圖不多久，就能到赫爾辛基，我也不必等多久。

誰知道，這一等，等了三天，巴圖和良辰美景，音訊全無，直等得我金睛火眼，坐立不安。

在這三天中，白素倒沒有閒着，她弄來了很多「元帥墜機」事件的資料，那些自稱「內幕中的內幕」，十分可笑，都說機毀人亡，無一生還——本來就是這樣，真正的機密，永遠只有極少數人才知道，要是人人皆知，那還叫「內幕」嗎？

三天之後，我實在忍不住了，頗有點埋怨白素叫我「等一等」，白素嘆了一聲：「好，你先去，一到就打電話回來，有他們的消息，我就告訴你，你就在那裏找。」

我唉聲嘆氣：「早就該這樣，這上下，只怕已見到了，我這就動身。」

一切手續，是早就辦好了的，但還是又等了七八小時才上機，長途飛行相當令人疲倦，我一貫的應付辦法就是呼呼大睡，等到到了赫爾辛基，用最快的方法入住酒店，立刻和白素通電話，白素的聲音，聽來有點朦朧，可是也十分着急：「兩個小丫頭還沒來找你？」

她沒頭沒腦説了這樣一句，我還不知道是什麼意思，門上已經擂鼓也似，響起敲門聲來。在這種第一流的酒店之中，竟然會有那樣的敲門聲，只有兩個可能：其一，酒店大火已不可收拾；其二，「兩個小丫頭」到了。

我叫白素等一等，過去打開門，兩條紅影，飛撲過來，一邊一個，抓住了我的手臂，神情惶急之至，我手臂一振，將她們兩個摔了起來，她們就勢在空中，翻了一個觔斗，翻過了牀，才一落地，又立時彈起，再躍過了牀，落在我的面前，動作之快捷靈巧，簡直匪夷所思。

她們才一站定，就齊聲道：「巴圖叔叔到畫裏面去了，衛叔叔，怎麼辦？」

我怔了一怔，先拿起電話來，向白素道：「你聽到她們説什麼？」

白素道：「你走了不多久，她們就來了電話，我全知道了，我不和你複述，你可以聽她們講。我告訴她們你預訂的酒店，預計她們立刻會找到你。」

我悶哼一聲：「果然是立刻，我還沒有洗臉。」

放下電話，向良辰美景望去，看到她們圓嘟嘟的臉上，仍然極其惶急，我作了一個手勢，要她們坐下來：「別急，巴圖進過一次圖畫，三年才出來，這次再進去，熟門熟路，不打緊的。」

她們沒有聽過錄音帶，自然不知道蒙古草原上發生的奇事，睜大眼睛望着我，一時之間不知說什麼才好。我道：「從頭詳細說。」

良辰美景道：「你……不要先去看看他？一路上，我們可以詳細說。」

我問：「去看一幅畫？畫在什麼地方？」

良辰美景齊齊長嘆，神情猶豫，大有難言之隱，我看得又好氣，又好笑，大喝一聲：「快說。」

她們兩人再嘆了一聲：「畫，在一個私人博物館裏，駕車去，一小時餘。」

我拿起了外套：「好，路上詳細說。」

我和她們一直下了電梯，經過酒店大堂，在所有人驚訝的神色中，這才注意到良辰美景如何吸引人。

一色鮮紅的一口鐘，鮮紅的靴子和緊身褲，襯着白裏泛紅的臉頰，兩個人又全然一模一樣，饒是北歐之地，多有美女俊男，但是像這樣可愛的人物，並不多見，引來了那麼多欣賞的目光，自是意料中事。

她們一陣風似捲出酒店，外面風大，把她們的一口鐘吹得揚了起來，裏面是雪白的狐皮，更增艷麗。

一出酒店，略等一會，自然有人替她們開了車子來，我看了車子，就悶哼了一聲，良辰美景吐了吐舌頭，知道我是在責怪她們奢侈，那種馬賽拉蒂的重型房車，最高時速可以過到三百二十公里，售價約莫是四十萬美元，她們下山的時候，手中有的是祖宗傳下來的珍寶，自然沒有想到過這樣一輛車子，是許多人勞累一生的代價。

第九部

真有那樣一幅畫

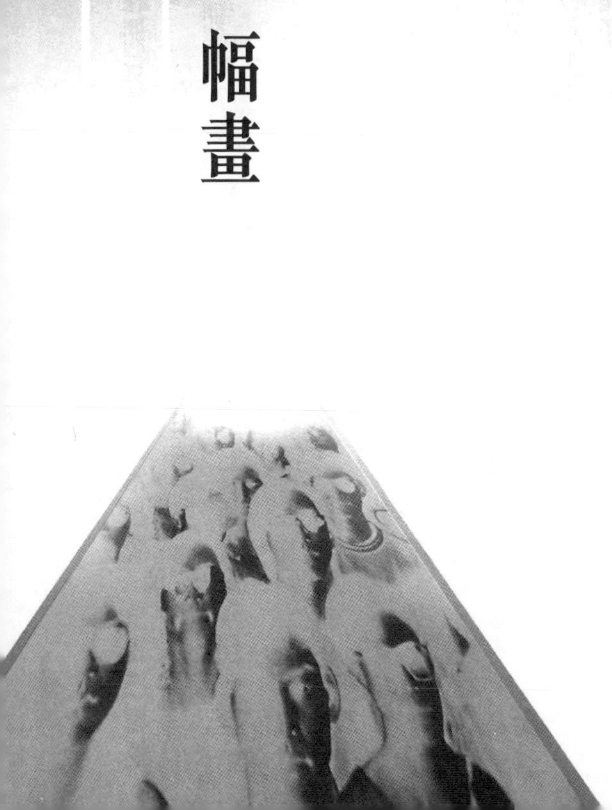

良辰駕車（事實上我根本分不清誰駕車），美景坐在她旁邊，我坐在後面，車子一開始行駛，我就道：「駕車的最好少說話。」

她們說話，一人半句，我怕影響駕駛，所以才這樣吩咐。

美景在座位上，半轉過身子來，臉向着我：「巴圖叔叔人非常有趣，我們和他，一見就投緣，也就沒有隱瞞自己的來歷。」

我「嗯」了一聲，良辰美景的來歷，也相當駭人聽聞，所以我道：「以後，還是盡量少告訴人的好。」

兩人齊聲答應，美景又道：「我們也另有作用，心想我們把來歷秘密說了，他也應該把那十年中在作什麼，向我們說一說了吧。誰知道他半晌不語，突然……突然有了一個極怪的動作。」

（良辰美景的神秘身世，在《廢墟》這個故事中。）

我忙問：「什麼動作？」

開車的良辰是忍不住插了一句：「他閉上眼睛，拿出紙筆，閉着眼睛寫字。」

我吸了一口氣，良辰美景不明白巴圖何以那麼怪，要閉着眼睛寫字，可是我知道——巴圖果然直到現在，還未曾擺脫他「半機械人」的身分。我奇怪的是，他離開蒙古草原，已有七年，在這七年中，他大有機會把植入的「零件」取出來，他為什麼不那麼做？

美景瞪着我，我道：「你管你說，稍後我會解釋。」

美景眨了眨眼：「他先寫了一句：『絕不要把我所寫的念出來。』然後又寫：『我在從事神秘莫測、複雜之極的間諜活動，那是人類自有歷史以來，最大的特務行動，牽涉範圍之廣，等於是一場世界大戰。』」

良辰連連點頭：「他是那樣寫的，閉着眼，而且，樣子神秘得要命。」

我「唔」地一聲，心中在想：巴圖不會騙兩個小女娃，他所說的「人類有史以來最大的間諜戰」，是怎麼一回事？全世界的特務，難道在十年之後，還在找那個帶了一整箱機密文件，墜機未死的元帥？

美景見我神色凝重，也就住口不言，我想了片刻，不得要領，示意她再說下去，美景道：「他又寫道：你們明白了？請在我手背上碰一下。」

良辰道：「他竟不讓我們出聲。」

連在駕車的良辰，也轉頭向我望來，神情十分疑惑，我吃了一驚，心知不解開她們心中的疑團，只怕會出車禍，所以我極簡單地解釋：「他腦部曾植入電子裝置，他看到的影像，聽到的聲音，在一定距離內，可以通過儀器接收到。」

良辰美景現出怪異莫名的神情。

我又道：「他一定不願意告訴你們的事給別人知道，所以才用這種怪方法。」

兩人同時吁了一口氣，顯然巴圖用這種怪方法告訴她們一些事，使她們疑惑了許久，懲了許久的疑惑，一旦有了答案，自然會鬆一口氣。

美景道：「他繼續寫的是：『過去十年，開始三年的遭遇，我已經用隱秘的方式，告訴衛斯理，他如果不太笨，這時應該已經發現了。』」

良辰問：「衛叔叔，發現了嗎？」

我悶哼一聲：「我太笨，所以沒有發現。」

兩個小鬼頭見我神色不善，各自伸了一下舌頭，不敢再說什麼。

我催她們：「揀重要的說。」

兩人朗聲答應，美景仍然伏在椅背上，面向着我：「我們在他手背上碰着，他又告訴我們，他已經有了一點眉目，大有可能，他會成為最偉大的間諜。」

我不禁苦笑，連巴圖這樣出色的人，也避不開人性的弱點——最偉大，世界第一……等等的虛名，看得那麼重，看來他不除去「零件」，純屬自願，因為他要當人類有史以來最偉大的間諜。

我低嘆了兩聲，美景繼續道：「以後，還有一兩次，他用這個怪方法和我們交談，大多數情形，十分正常。」

我作手勢，示意她繼續說下去。

在接下來一個半小時的行程之中，她們把幾天來發生的事，詳細說了一遍，等到車子停在一棟相當宏偉，看來又極典雅的房子前時，她們講完了已有十分鐘之久，可是我還是一句話都講不出來。

巴圖和她們這幾天的遭遇不算十分怪異，但卻有難以形容的震駭。

以下，就是他們那幾天的遭遇。

飛機上，巴圖和良辰美景，絕不寂寞，巴圖見多識廣，兩個小鬼頭能說會道，一老兩少，談天說地，只覺得很快就到了目的地。

一到赫爾辛基，巴圖就把她們帶到了一個被她們形容為「十分神秘」的所在——那地方的確神秘，從一間舊書店的店堂走進去，移開一架子舊書，現出一道暗門，經過一條甬道，才能到達，是佈置得極舒適的，有三間房間的居住單位。

（良辰美景見識少，像這種「神秘地方」，各國的特工人員都十分喜歡採用，那「舊書店」，自然只是掩眼法，根本也是特務機構開的。）

（由此可知，巴圖的確還在從事間諜工作。）

休息了一會，他們就開始去調查「失蹤事件」，良辰美景認為巴圖的調查方法不當，她們要「另闢蹊徑」，一下就到了「失蹤」的現場，巴圖到過現場很多次，本來不想去，但良辰美景堅持，他也只好勉為其難。

良辰美景全副滑雪裝備出發，到了那裏，哪裏是做什麼研究調查，只是嘻嘻哈哈滑雪嬉戲，巴圖在一旁，跌足不已，提了三次抗議無效之後，嚴重警告：「你們年輕，能浪費時間，浪費十年，也還是二十來歲，我可不行了，我是老頭子，時間過一秒少一秒，不能陪你們這樣浪費，從現在起，分道揚鑣。」

巴圖說着就要走，由於他的那番話，說得相當重，良辰美景嚇得不敢再玩，當下就換下滑雪裝備，仔細看着附近的形勢，搖着頭，發表她們的意見。

良辰道：「根本沒有人失蹤，其實不應該查他們到哪裏去了。」

美景道：「對，應該查他們從哪裏來。」

這都是曾討論過的了，若不是她們兩人模樣實在可愛，巴圖決不會再和她們耗下去。這時，巴圖沒好氣：「他們會從哪裏來？難道平空冒出來？」

良辰「啊」地一聲：「我看過一些故事，有人，有馬，不是平空冒出來，是畫中走出來的。」

美景道：「對，這類故事多得很，一個書生買了一幅畫，畫上是一個美女，那美女就會走下來，幫書生洗衣服煮飯。」

良辰又道：「也有人天天看到有一匹馬，飛快地在路上倏來倏去，後來看到了一幅畫，畫中就是他天天見到的那匹馬。」

她們自顧自講着，沒有留意到巴圖的面色，難看到了極點。

她們還想巴圖也同意她們的假定，可是當她們向巴圖望去時，卻嚇了一大跳：「巴圖叔叔，你……不舒服？」

巴圖臉色難看，自然由於她們的話，在他聽來，所受的震動，遠在別人之上的緣故。因為他曾被攝進一幅畫中，達三年之久。

良辰美景這時，信口開河，提出了這種匪夷所思的假設，對別人來說，或許一笑置之，但對他來說，卻不能不鄭重考慮。

兩人一叫，他又震動了一下，望向兩人：「你們……怎麼會有這種想法？」

良辰美景一時之間，吃不准巴圖是同意她們的看法，還是要責斥她們，是以支支吾吾：「只是隨便想想……沒有可能的可能，什麼都要想想。」

巴圖深深吸了一口氣：「如果他們……那些失蹤者，真是從一幅畫中走出來的，那麼，這幅畫……會是什麼樣的畫？」

良辰美景一聽，巴圖竟然大有同意她們的假設之意，不禁喜得手舞足蹈：「當然是一幅好畫，畫要是不好，畫中的人，怎會成精？」

她們由於從小在一個封閉的環境中長大，所以說起話來，用的詞彙，也大有「古意」，像「成精」這種說法，別的少女，就很少使用。在中國的傳說中，什麼東西，都可以成精，樹可以成精，狐狸可以成精，洪鈞老祖的手杖也成了精，一塊石頭也同樣有成精的資格，畫，自然也可以成精。

成了精的畫，畫中的人，自然會離畫而出，在人間活動，順理成章，他們要回去，自然也回到畫中去。

兩人嘰嘰呱呱，把自己想到的，進一步發揮出來，巴圖聽得神情嚴肅，喃喃自語：「真……有這樣的魔法，真有的。」

那時，良辰美景正為自己那假設，興奮莫名，巴圖自言自語，用的又是蒙古話，所以她們沒有注意。不然，這樣的話，要是被她們聽到了，自然追根問柢，巴圖曾進入畫中的秘密，只怕會守不住。

當下，一老二少，也不再勘察現場了，他們決定：在赫爾辛基各藝術博物館中去找那幅畫。

他們這樣的決定，溫寶裕若在，自然雙手贊成，陳長青也會，胡說就難說，要是我在，更不會同意。

一連兩天，他們駕着那輛名貴車子，風馳電掣，一個一個畫館博物館走，引得整個北歐的畫商，都不知發生了什麼事，議論紛紛，一致認為三個神秘的東方人，一定擁有大量現金，想購買大批名畫。到第三天，就有人向他們來主動搭訕，那是他們在離開一個畫廊，並無發現，垂頭喪氣的時候，一個看來十分神氣，衣著華貴的中年人，跟了出來：「三位若是想買畫，我知道有一間私人博物館，藏的好畫十分多，可是一定要整批出售。」

巴圖「哦」地一聲，並不是很感興趣。

因為在北歐，收藏藝術品的風氣甚盛，普通的收藏，大都不會有什麼真正的精品。

那中年人壓低了聲音；「出售者不願透露身分，可是據知，可能是匈牙利還是帝國時期的一位煊赫人物。」

巴圖還想拒絕，良辰美景已然道：「反正我們要看畫，就去看看。」

四個人上了車，那人先對車子讚不絕口，接着，他對西洋油畫，還真是內行，一路上滔滔不絕，數說著名畫家的名字，風格、歷史，和近四十年來，名畫的市場價格的起跌。

巴圖雖然見多識廣，但對藝術卻是外行，良辰美景自然更不會懂，聽得他們三人，目瞪口呆，只是「嗯嗯哦哦」，不敢搭腔，良辰美景最後想起，自己的目的，只是要找一幅成了精的畫，不知讓那經紀知道了，會有什麼感想？一想到這裏，兩人忍不住大笑起來，巴圖知道她們在笑什麼，也笑得前仰後合，那個中年人把口張得老大，不知發生了什麼事。

到了目的地，走進建築物，看到建築物的牆上，掛滿了各種各樣的油畫，「私人收藏」竟也可以豐富到這一程度，巴圖等三人也不禁肅然起敬，他們在那人的帶領下，粗略地看了一下，最近三天來，他們三人加起來，至少看了上萬幅畫（為了在最短時間內可以看到更多的畫，他們分頭各看各的。）

三層樓的藏畫，匆匆看完，大約是由於他們三人失望的神情太甚，那中年人也覺察到了，他有點訕訕地：「地窖裏還有一批，不過都不是名家的。」

巴圖隨口問了一句：「這屋子在郊外，屋子裏的畫又那麼值錢，不怕人偷嗎？」

那人神情有點尷尬：「保險公司僱有護衛，剛才開門給我們的，就是護衛之一。」

巴圖聽出這人的話中，很有點不盡不實之處，但巴圖根本無意買畫，事不關己，自然沒有再追問下去，他連到地窖去都不想，留在大堂上，良辰美景跟着那中年人下去，約莫過了二十分鐘，還沒有上來，巴圖有點不耐煩，踱到地窖的入口處，還沒有張口叫，就聽到良辰美景發出的驚呼聲。

呼叫聲之中，充滿了驚詫，也充滿了快樂，巴圖聽得心頭一熱，幾乎立即知道發生了什麼事，倏然之間，只聽得那中年人的驚呼聲中，兩條紅影疾竄了上來，眼看要撞在巴圖的身上，卻又倏然分開，貼着巴圖的身子捲了過去，接着，在巴圖的身後，紅影交岔而過，立時又並肩站在巴圖的面前。

兩人手指着下面，張大了口，瞪大了眼，由於太興奮緊張刺激，竟然半個字也講不出來。

巴圖想問什麼，可是也發不出聲，他作了一個手勢，良辰美景會意，轉身，又向地窖下掠了下去，通往地窖的梯子相當高，她們兩人幾乎一躍而下，巴圖衝下去，看到那中年人目瞪口呆，在光線並不明亮的地窖之中，面色格外蒼白——他實在無法知道發生了什麼事。

地窖相當寬敞乾爽，也不雜亂，有三列豎放着的畫，每列約有七八十幅，其中一列，有七八幅倒在地上，正面對着入口處的一幅，一進來就可以看到，而一看到，巴圖只覺得「嗡」地一聲響，像是身上所有的血，都沸騰着，湧到了腦際，幾乎連看出來的東西，都變成紅的了。

那幅畫，是一幅一公尺乘一公尺半左右的油畫，白皚皚的積雪是背景，一個美麗的女郎在畫的右方，二十來個男女小孩在她的四周，有兩個還仰頭望着她，分明她是那群孩子的領袖。

這本來沒有什麼特別，畫家畫的是一個小學女教師和孩子，可是那女教師！那些孩子！

巴圖做的調查工作十分廣泛，包括請了人像描繪專家，要目擊者把那女教師的容貌畫出來。畫成之後，給那旅遊車的司機看過，那小伙子說：「簡直就像本人一樣。」

而這時，油畫上的那個女教師，就是那個樣子，別說巴圖是早已看熟了的，連良辰美景一看之下，也可以認得出來。

過了好久，巴圖才漸漸恢復知覺，慢慢挪動雙眼，移到了油畫之前，他盯看着，可以認出幾個小孩子的樣貌來，自然也是根據曾見過他們人的描述而畫出來的。

良辰美景盯着畫，也不住地吸氣，他們三人這種神情，真正的原因，那中年人想上一萬年也想不出，但這幅畫深深地吸引了他們，那是誰也看得出來的。

他耐心地等了好久，才道：「藝術，有時候真是震撼人心的，是不是？」

巴圖的聲音聽來像是在夢遊：「是……的確震撼。」

良辰問：「這幅畫，誰畫的？有多久歷史？」

那中年人俯身向前，看了看，搖頭：「對不起，無名畫家的簽名，很難辨認，我也說不上來。」

美景一揮手：「賣多少錢？」

那中年人神情為難：「這裏所有的畫，整批出售，不分賣。」

良辰一揚眉：「總售價多少？」

巴圖一聽良辰講話的氣派，定過神來，知道小鬼頭要上大洋當，連連擺手。

那中年人氣定神閒：「連建築物，一億英鎊。」

巴圖早知會有那樣的結果，這時也不擺手，也不施眼色，只是看兩個小丫頭怎麼應付，看她們怎麼下台。可是巴圖卻大失所望，因為在良辰美景的心目中，根本不存在什麼面子不面子的問題，也覺得沒有什麼下不了台的，她們只是實話實說，半秒鐘也沒有考慮，就道：「太貴了，我們買不起。巴圖叔叔，走吧。」

她們一面說，一面反倒向巴圖眨了眨眼睛，巴圖會意，向那中年人道：「如果你不介意，請你自己回去，我們在車中，要商量點事。」

那中年人神情難看之極，但一老二少，不等他有任何反應，早已急急離去，上了車，疾馳而去，三人都抿着嘴不出聲，直到駛出了好遠，才齊齊吁了一口氣，良辰美景的聲音尖得很：「真有一幅成了精的畫。」

巴圖喃喃苦笑：「我……早就知道會有這樣的事，真有這樣的事。不知他們是什麼時候進去的？」

他的話，良辰美景不是很聽得懂，但是也沒有問，因為發生的一切實在太駭人了。她們的腦筋轉不過來，只是說了一句：「什麼叫什麼時候進去的？」

巴圖也沒有回答，事實上，巴圖的思緒也亂了套，他把自己攝進一幅畫中的事，套了上去。不過當時他這樣想，也大有道理，那女教師和那些小學生，可能是許多年之前，被「魔法」攝進畫中去，忽然又離開了一下，結果又回到了畫中。

也有可能，是所有曾見過他們的人，在見到他們時，根本也被魔法攝進去。

凌亂的思緒，使大家都不想講話，又過了好久，巴圖才問：「準備怎樣？」

這句問話，聽來無頭無腦，良辰美景自然可以明白是「準備怎樣把那幅畫弄到手」的簡化。她們立時道：「偷，今晚就下手。」

巴圖「唔」了一聲：「看來不會有什麼困難。」

良辰美景豪氣干雲：「就算畫被鎖在國家銀行保險庫，也得把它弄出來。」

巴圖想了一想：「這樣簡單的事，我看由我一個人去單獨進行就好了。」

良辰美景十分認真地想了一想，一起搖頭：「不好，那女教師十分美貌，要是離開了畫，和巴圖叔叔談起戀愛來，巴圖叔叔一往情深，要給她做畫精，跟着她跑進畫裏去，那就不好玩了。」

兩人在說這番話時，一人一句，說得就像一個人。巴圖聽了，又不禁臉上變色，叱道：「小鬼頭再胡言亂語，馬上押你們回去。」

兩人互扮了一個鬼臉：「叫人說中心事，老羞成怒了。」

巴圖閉上眼一會，想起自己見到過那女教師，的確十分美麗動人，若她是一個真實的人，兩人年齡相去甚遠，他自然不會動什麼綺念，可是如果那女郎只是「畫妖」，或是好久之前被攝進畫中去的，可能比他更老，那也就不存在年齡的隔閡了。

他想到這裏，心中不禁起了一陣畢生之中，從來未曾有過的異樣感覺，有點空空洞洞，飄飄忽忽。他年輕時，正是戰爭最吃緊的歲月，他擔負的工作又重，後來，各種古怪的工作都幹過，各種經歷都有，就是未曾談過戀愛，這時他看起來，雖然仍精壯得像一頭牛，可是自己想想，毫沒來由地，忽然有了這種怪感覺，不禁自己也笑了起來，對兩人的話，語氣也溫和了許多：「也不是太胡言亂語，人進畫中去，也不是絕不可能。」

良辰美景不知他真有所指，所以也只是聽過就算。巴圖忽然間變得興奮，話也多了，回到了住所之後，忙進忙出，準備了「夜行人」所需要的一切，準備去把那幅畫偷出來。

他還根據記憶，把那建築物的平面圖，畫了出來。地窖只有一個出入口，要進入建築物，也不是什麼難事。良辰美景也是興高采烈，一連串的行話，什麼「剛才該好好踩一踩盤子」，「總要有一個人把風」，「風緊了就各自扯乎」，那本來是她們說慣了的話，卻聽得巴圖目瞪口呆。

只嫌時間過得慢，到了天黑，巴圖開始喝酒——他本來就喝酒相當多，這次重新出現之後，似乎喝得更兇，我不知道他在接下來的七年之中又發生了什麼事，但就是那三年在草原上兜圈子，人可能在一幅畫中的經歷，也夠刺激他多喝酒的了。好在他酒量甚宏，也醉不倒地，他在臨上車的時候，還撿了大半瓶威士忌在手，看得良辰美景直搖頭。

第十部

再度進入了畫中

出發的時候，月色甚佳，良辰美景不免有點愁容，口中念念有詞，車行到半途，忽然烏雲密佈，月黑風高，兩人齊聲歡呼：「月黑殺人夜，風高放火天，正是行事的好時刻。」逗得巴圖哈哈大笑。

到了目的地，巴圖指着她們一身紅衣，笑道：「這好像不合規矩，夜行衣，應該黑色。」

兩人衝巴圖一瞪眼：「我們藝高人膽大，要是喜歡白色，也就穿白的。」

這時，他們都覺得要在那守衛鬆懈的建築物之中，偷出一幅畫來，是輕而易舉之事，所以心情也十分輕鬆，甚至在幾十公尺外停了車之後，也不偷偷摸摸，三個人公然走向建築物。

不過他們倒也不敢由正門進去，而是到了背面，從一扇窗子中進入。附近極靜，建築物中又黑，氣氛倒也有點神秘，由樓梯下樓，來到地窖入口處，巴圖取出開鎖的工具來，一下子就弄開了鎖。

良辰美景搶着要下去，巴圖狠瞪了她們一眼：「在上面把風。」

良辰美景齊聲道：「把什麼風，根本沒有人。」

正說着，忽然一邊的走廊處，着亮了燈，又有人聲，他們三人的反應都極快，良辰美景身形一閃，就一起閃到了一根大柱後面。巴圖由於正好在地窖門口，所以一步跨下去，也順勢關上了門。

（良辰美景在說到這一點時，說得十分肯定，她們當時雖然極快地閃開去，但是快速移動，幾乎是她們與生俱來的本領，所以她們仍然可以清楚地看到，巴圖躲進了地窖去。）

走廊處的人聲漸漸向前移來，她們在柱後，看到一個人，口中喃喃不知說些什麼，向前走來，又着亮了大堂的燈，探頭探腦，向前看着。

良辰美景畢竟是在做賊，心中發虧，躲在大柱後面，連大氣兒也不敢出了，那人兜了一轉，又一路開燈，一路走了開去。看樣子，他像是守衛，出來巡視的。

這時，良辰美景就心中犯疑，因為守衛的行動，看來不像是例行的巡視，而像是聽到了什麼聲響，所以出來察看的，但是，他們三個人，可以說一點聲響也未曾發出來過，剛才講話，也是壓低了聲音講的。

那個守衛，實在沒有理由被驚醒的。

當時，她們自然只是想了一想就算了，誰也不會在這樣的情形下，去多想這無關緊要的事——可是後來，就是在這個細節上，使得整個謎團一樣的事，有了被揭開的線索，萬丈高樓平地起，整個大謎團，只要抽出一股線頭，也就可以解得開。

守衛離開，良辰美景行事倒十分小心，又等了一分鐘，才從大柱後閃了出來，來到地窖門前，門鎖是早被打開了的，她們輕輕推開門，門後一片漆黑，她們白天來過，知道門後是一道通向下面的樓梯，她們先下了兩級，然後反手將門關上，鬆了一口氣，低聲叫：「巴圖叔叔。」

出乎她們意料之外，竟然沒有回答。兩人心中好笑，還以為巴圖要和她們戲耍。兩人都帶有相當強力的電筒，心意又相通，同時着亮，向下照去。

電筒一亮，別說是光柱直接射得到處，就算是別處，也可以看得清楚，她們又居高臨下，整個地窖中的情形，一目了然，哪裏有什麼人影？除了那三幅畫之外，一個人也沒有。良辰美景這一驚，實是非同小可，一躍而下，四處搜索，地窖中實在沒有可供人藏身之處，而且也沒有別的出路，巴圖上哪裏去了？

在大約又找了兩分鐘之後，兩支強力電筒的光芒，都照到了那幅畫——就是他們要偷的那幅畫上，一瞥之下，兩個人「嗖」地吸了一口涼氣。

她們白天曾仔細看過那幅油畫，熟悉得很，所以，這時再看，油畫之中，忽然多了一個人，她們自然可以覺出不是很對頭。

而當她們看清楚，多出來的那個人，就在女教師旁邊，望着女教師，像是想講話，維妙維肖，就像是巴圖忽然縮小了許多倍，進入了畫中。

兩人從驚呆之中醒過來，同時踏前一步，叫：「巴圖叔叔。」

她們思緒紊亂之極，一起伸手去撫摸，油畫的表面凹凸不平，而且離得太近了，畫中的人，看起來也就不那麼清楚。她們忙又後退，退到了適當的距離時，看起來更加逼真，絕對是巴圖，不可能是別人。

良辰美景也不是天不怕地不怕，這時．她們就害怕了起來——這是她們從來也未曾遇到過，而且絕想不到會有這種事發生。

她們畢竟年輕，沒有什麼應變的經驗，當時在震驚之餘，只想先離開這裏，和我、和白素聯絡。

她們要離去，自然輕而易舉，駕車回去時沒有出事，算是奇蹟，她們一回去，立時打電話找我，我已啟程，她們把經過情形告訴了白素，然後，焦急之極地等我來到。

等到她們把經過講完，我瞪着她們：「你們那時，至少應該做一件事。」兩人眨着眼，我提高聲音：「走的時候，把那幅畫帶走，我們現在就不必長途跋涉了。」

良辰美景嘆一聲：「下次再有這樣的意外，會有……經驗些。」

我深深吸了一口氣，要不是我在巴圖留下的那些錄音帶中，知道他當年在蒙古草原上，曾經被「魔法」攝進過畫中去，這時，我就一定當良辰美景胡言亂語了。

巴圖，他竟然兩度進入了畫中，這實在有點不可思議。

車子到了那幢建築物附近停下，良辰美景一起轉過了頭來望我。這時，正是下午時分，若要等到天黑來偷畫，未免要等太久，我想了一想：「只有一個守衛？」

兩人點頭：「上兩次來的時候，只有一個。」

我做了一個手勢：「你們兩人去絆住他，我去下手偷畫，畫一到手，我按兩下喇叭，你們也功成身退。」

我說一句，她們答應一句，她們上次來過，這時一拍門，守衛開門，就讓她們進去，我則從屋後，弄開了一扇窗子，跳了進去，十分容易就進入了地窖，一眼就看到了那幅畫。地窖中這時，光線不是很明亮，可是一眼看到畫上的巴圖，我也呆住了。

我和巴圖十分熟稔，他的神態，我自然也一看就知，毫無疑問，那是巴圖。

當然，一個好的畫家，可以畫出這樣的成績來，可是事情和那麼怪異的經歷有關，也就叫人一下子就聯想到了人進入畫中的魔法。

我吸了一口氣，走向前，到了畫前，幾乎有要向巴圖打一聲招呼的衝動。

我把畫挾在肩下，離開地窖，循原路出來，到了車上，把畫先送進車子，然後，按了兩下喇叭，幾秒鐘，就看到兩條紅影奔了過來。

我們三個人，一起望着那幅畫，女教師和小學生，畫面本來十分調和，多了一個巴圖，看來有點不倫不類，也就格外怪異。

良辰美景的神情駭然之至，不住地在問：「怎麼辦？我們怎麼辦？」

我思緒也亂成一片：「我對魔法、巫術，所知……極少，這種情形……」

我一面說，一面搖着頭，由於頭部移動，看到畫的角度，也有些微差異，光線照射也角度不同，一時之間，竟然有巴圖的頭也在跟着轉動的錯覺。

良辰小聲提醒我：「你說過，你曾見過一個天生有巫術力量的女孩子，是一個超級女巫？」

我點頭：「是原振俠醫生的朋友。」

美景道：「能找到她？」

我抿着嘴想了想：「大概可以找得到，我和她的養父也很熟，就算她神出鬼沒，總有方法找到她的。」

說着，我們都上了車，那幅畫相當大，由我托着，駛回酒店途中，我把巴圖的情形，向她們大致說了一下，兩人驚呼：「難道這一次，又要三年？」

我苦笑：「誰知道。看來人在畫中，也有山中方七日，世上已千年的味道。」

正說着，公路對面，有一輛十分華麗的大房車，迎面駛來，公路上車來車往，本來十分尋常，可是這輛車子，在和我們的車子交錯而過時，大按喇叭，我們還未曾知道發生什麼事，那輛車子，竟然陡然轉了一百八十度，一面按喇叭，一面極快地追了上來。

良辰美景發出了一下歡呼聲，神情大是高興，我忙道：「停在路邊。」兩人叫了起來：「為什麼？沒有車子可以追得上我們的車子。」

我指着後面的車子：「一定是熟人，不然，不會按車號，快停下。」良辰不情不願，把車子駛向路邊，停了下來，那輛大車子也停下，車門打開，一個身形高大，頭髮銀白的西方人，自車中跨了出來。

我一看到他，也連忙下車，這個人我認識，他是西方集團的情報組織首腦，外號「水銀」，很多人叫他水銀將軍，雖然沒有見過，可是聽人形容過他，他是巴圖的好朋友，巴圖在這裏出事，水銀將軍在這裏出現，其間的原因也很容易明白，因為巴圖是「半機械人」，他看到的，聽到的，可以通過儀器接收到。

倒是水銀將軍看到了我，陡然一呆，他十分客氣地問：「閣下是這兩位小姑娘的監護人？」

我搖頭：「不能算是，我的名字是衛斯理，我想巴圖一定曾向你提及過我。」

水銀大喜過望——很少在一個人的臉上看到真正那麼高興的，他伸手出來，和我用力握着手，連聲道：「太好，太好了。」

他看到我會那麼高興，自然是因為他有着極為疑難的事，而我又頗具對付疑難雜症的本領之故，他又道：「我只知道巴圖和兩個十分有趣的女孩子在一起，不知道衛先生也在，真太好了。」

我交替着雙腳，跳動着，不然，氣候太冷，腳會凍得發僵：「上車再說，還是到我酒店去？」

水銀將軍提議：「到我轄下的一個機構去？」

我立即搖頭：「不，我有一個習慣，不和任何情報機構發生關係。」

水銀向我望了一眼，沒有説什麼：「好，到你的酒店去，能不能先上你的車子？可以節省點時間，盡量把巴圖的情況弄清楚。」

我當然同意，我性子比他還急，他上了車，和良辰美景打了一個招呼，自我介紹了一番，良辰美景十分有興趣地打量着他。

巴圖把那些錄音帶，用那麼隱秘的方式，交到我的手上，我自然知道他不想他的上司知道，所以我等水銀上了車，就指着那幅畫：「請看，這件事極其怪異，根據良辰美景的叙述，巴圖可能被一種力量，弄到了這幅油畫之中。」

水銀緊蹙着眉，我又道：「更怪的是，畫上的女教師和小學生，曾有許多人見過他們，後來又神秘消失，這是一幅魔畫。」

水銀用厚實的手，在他的臉上重重撫摸着，神態顯得極其疲倦。

我説完了之後，他苦澀地笑：「你相信？」

我也在自己的臉上摸了一下：「不是相信不相信的問題，而是的確有這樣的事發生着。」

水銀抿着嘴，在這種情形下，他看來十分肅穆，看來他正在考慮該對我說些什麼，我忙道：「我只對巴圖個人有興趣，若是有什麼和情報工作有關的事，千萬別說給我聽，我根本不想知道。」

在我這樣說的時候，前面的良辰美景都回過頭來，向我望來，我用極嚴厲的眼光把她們逼了回去，講完之後，我又狠狠地警告她們：「兩個小鬼頭聽着，要是亂講話，亂出主意，從此之後，我們斷絕來往。」

良辰美景嚇得諾諾連聲：「是，是，我們只管開車。」

水銀神情苦澀：「那我真不知從何說起才好了，巴圖是特工，他在從事的，又是……嗯……人類自有歷史以來的最大的間諜戰。」

車子開得飛快，可是也很穩，我聽得水銀這樣講，想起巴圖也有過同樣的話，可知情形十分複雜。我不禁嘆了一聲，關心巴圖，就得知道他在幹什麼，那就無可避免，要知道特工戰爭的許多秘密。

水銀又道：「你剛才說自已絕不參與特工戰爭，可是你和巴圖卻是好朋友。」

我忙道：「我認識他的時候，他研究的是異種情報。」

水銀不經意地說：「你和納爾遜兩代的交情也好，還有鼎鼎大名的蓋雷夫人，也曾經和你有過交往……」

我接了上去：「現在又加了一個水銀將軍，看來跳進大海也洗不清。」

水銀沉默了片刻：「那我從頭說起了？」

我考慮了一下，才點了點頭，良辰美景立時鼓掌，還道：「對你的決定表示同意，總可以吧。」

我嘆了一聲：「你們別以為事情好玩，等一會你們要聽到的，可能有許多是國家的絕頂機密，知道這種機密，隨時可以有殺身之禍。」

我明知這樣的話，嚇不倒這兩個小傢伙，可是卻也未曾料到，她們竟然敢向我歪纏，作恍然大悟狀：「衛叔叔原來是怕死，所以才不敢聽。」

水銀把頭轉了過去，忍住笑，裝成沒有聽見，我「哼哼哼」冷笑三聲。良辰道：「這三下冷笑，大有意思。」美景道：「是的，一笑是不同意，二笑是不服氣。」良辰又道：「三笑是說等下叫你們吃點苦頭。」

水銀終於忍不住而哈哈大笑，我只好長嘆一聲，向水銀作了一個手勢。

水銀道：「事情要從十年之前的那宗著名墜機事件開始說起。」

我已經知道了詳情，但也不妨再聽水銀說一遍。而良辰美景由於年紀小，這種事她們不會明白，要解釋起來，更是糾纏不清，例如要向她們說明，一個聲威赫赫的元帥，為什麼竟然要坐飛機逃亡，前因後果，就不是三言兩語能說得明白的，所以我把話說在前面：「將軍的話，你們會有很多聽不懂處，不准發問。」

良辰美景呶起了小嘴，但倒也沒有反駁。

我望向將軍，本來想裝出一副初次聽到的神情，但繼而一想，這種轟動天下的大事，我多少也得知道些，況且我剛才警告了良辰美景，已經表示他要講什麼，所以也不必假裝了。

我「嗯」地一聲：「那一宗。」

水銀的反應真快，立時道：「原來衛先生已經知道了起因?」

我不置可否，水銀觀察了我片刻，並無所得，才又道：「墜機未死，又有一大箱文件的消息傳出之後，可以想像世界各國如何轟動，那一箱機密文件中的任何一份，都可能和世界大局有關，人人都想得到這個人，得到這些文件，於是……」

我接了一句：「於是，就展開了自有人類歷史以來，規模最大的間諜戰。」

水銀吸了一口氣：「不但規模最大，而且，持續最久。」

我沒有表示什麼意見，水銀補充：「我們派出了巴圖，巴圖已經是最好的情報人員，為了小心，在派他執行任務之前，我們……我們在他頭部植入了一些裝置，通過儀器，可以看到他看到的東西，和聽到他聽到的聲音。」

水銀講得十分技巧，我仍然沒有什麼反應，但面色顯然不是很好看，所以他忙又補充：「一切……全是巴圖自願的。」

我悶哼一聲；「自然有許多方法，可以令他自願。」

良辰美景聽得「咭」地一聲，笑了出來，水銀居然臉紅了一下，我有點好奇：「通過儀器接收器接收到的一切，就像目擊一樣清楚？」

水銀搖頭：「聲音比較清楚，影像相當模糊，嗯，譬如這兩位小姑娘，看起來，就只是兩團紅色的影子，而且她們移動得極快，開始時，以為那是……兩隻紅色的袋鼠，對不起。」

水銀看到良辰美景回頭瞪了他一眼，才趕緊說「對不起」的，看他堂堂將軍，對兩個小姑娘也那麼客氣，可知他心中的疑難，真是非同小可，不然，又何必這樣低聲下氣討好？

我示意他繼續說下去，他又在臉上撫摸了一下：「各國派出的，全是出色的特工，而且，大家都可以肯定，人不在蘇聯特工手中……」

我揮了一下手：「何以如此肯定？」

水銀道：「因為蘇聯也派出了最好的一個特工，外號叫『老狐狸』的，在蒙古草原上活動。」

我笑了起來：「這種根據，未免太靠不住了。」

水銀道：「是，在KGB內部，有不少雙重身分的人，各國都有，都一致報告說，蘇聯最高當局下了機密命令，不惜任何代價，都要得到人和文件——那些文件，對蘇聯說來，比西方更重要。」

我攤手：「一個人，尤其是一個老年人，不可能在草原上一直流浪而不被人發現。」

水銀頗有為難的神色，但是他還是道：「巴圖有一段十分怪異的經歷，他報告說……他進入了一幅畫中，元帥也一樣，三年之後……他仍然未能在圖畫中見到元帥……而他又離開了圖畫……」

（水銀當時所講的，自然比我現在所記述的，詳細得多，但由於那是我早已知道了的一切，所以從略。）

我道：「你當然不相信？」

水銀的神情變得嚴肅，點了點頭；「我們懷疑他一進入蒙古，就遭到逮捕，而且經過『洗腦』，成了對方的間諜。」

我吃了一驚：「你們……對他做了什麼？」

水銀忙雙手亂搖：「別緊張，沒有什麼，只是對他進行調查……相當長時期的調查。」

我聲色俱厲：「多久？」

水銀不敢和我目光相對：「三年。」

我悶哼了一聲，調查了三年之久，巴圖不知是怎麼忍受過來的。我問：「結果怎樣？」

水銀將軍道：「令我們最疑惑的是，巴圖所報告的一切，竟然有可能真是事實，可是人……能進入圖畫這種事，又實在怪誕得令人無法置信。」

我苦笑了一下：「現在，巴圖看來，又進入了圖畫中。」

水銀濃眉緊蹙，用手敲着他自己的額頭：「和上次聯絡突然中斷時一樣。」

我怔了一怔：「什麼意思？」

水銀道：「我們接收到的影像，不是很清楚，只是模糊可以看出一些影像……」

良辰美景齊聲道：「例如把人當成袋鼠之類。」

我忙喝：「別打岔，將軍快說到十分重要的部分了。」

水銀道：「上次，聯絡突然中斷前，接收到畫面，是一大片眩目的彩色雲團，急速旋轉，大約有五分鐘之久，十分難以想像，巴圖在那段時間之中看到了什麼，接着，就什麼也不收到了。」

我的聲音懸空：「這次，也一樣？」

水銀點頭，神情變得更嚴肅：「完全一樣，所以我知道一定又有什麼不尋常的事情發生，兼程趕來，結果他……他……」

第十一部

一切是精心的結果

水銀說了三個「他」字，也無法完成「他又進了畫中」這一句話。

我問：「那不是說，你們和巴圖的聯絡中斷了？」

水銀點頭，我再問：「上次，巴圖……在畫中三年，你們和他之間的聯絡，也中斷了三年？」

水銀點頭：「是，我們幾乎已經放棄了，接收儀器仍然在運作，可是沒有專人監視，當他的聲音再度傳來時，一致認為是奇蹟。」

我皺着眉，喃喃自語：「進入了畫中，就無法和外界聯絡，他在畫中，生活在蒙古草原，本身一點也不覺得只在平面上活動……」

我自己也不知道我自言自語，有什麼用處，只是由於思緒實在太紊亂，一面把事情經過說出來，便於整理思索。水銀的神情很難看：「巴圖的經歷，你全知道。他什麼時候，用什麼方法告訴你？」

我揚了揚眉：「巴圖的特務工作經驗如此豐富，總有他自己的辦法。」

水銀臉色更難看，又疑惑，良辰美景一起縱笑：「將軍，你怎麼連這一點都想不到？他只要閉着眼睛寫字，就可以向人傳遞任何消息，而儀器上卻什麼也接收不到。」

水銀張大了口，發出了「呵」地一聲，顯然這個辦法雖然簡單之極，可是他確然未曾想到。

我不客氣地道：「想通過任何方法去控制人，都不會百分之百成功。」

水銀沉聲：「沒有人要控制他，一切都是為了執行任務的方便。」

我又悶哼了一聲：「任務，任務，多少罪惡藉汝之名以行。」

良辰美景立時劈劈拍拍鼓掌。水銀苦笑：「巴圖的報告，成為自有部門行動以來最大的笑柄，所以我們才懷疑他被洗腦了。」

我的聲音聽來也不自然：「你是說，一開始，你們根本不相信巴圖的遭遇。」

水銀點頭：「不是不信，而是認為那是『老狐狸』安排的圈套，叫巴圖鑽進去，好藉巴圖的報告，叫全世界的行家都相信那個人人要尋找的目標，進入了圈套，再也出不來了。」

我「嗯」了一聲：「如果所有人都相信，自然就不會再有間諜戰了。」

水銀道：「對，這就是俄國人的目的。那個禿頭元帥，一定在俄國人手裏——當時大家都那麼想，所以間諜行動，一直沒有停止過。」

水銀續道：「巴圖受了三年調查，仍然堅持自己的經歷，他的身分地位十分特殊，幾乎沒有機構有權處置他，也只好由得他去。」

我問了一個十分重要的問題：「那麼接下來的四年，他在幹什麼？」

水銀苦笑：「他致力研究把人變到畫中去的黑巫術。」

良辰美景放肆地轟笑了起來，我在她們的頭上，一人敲了一下：「別笑，巫術的力量是一種實際的存在，有機會，我會介紹你們認識一個超級女巫。」

兩個小鬼頭吐着舌頭；「會把我們真的變成兩隻紅色的袋鼠？」

我狠狠地道：「是，而且固定在畫上。」

要是白素在，她一定會瞪我一眼，怪我用那麼無聊的話來嚇小孩子，可是她們並不是普通的小孩，而且根本嚇不倒。果然，她們一起衝我作了一個鬼臉，又笑了好一陣子。

我並不覺得好笑，顯然，巴圖十分在乎他那三年的「畫中生活」，他作了報告，組織上不相信。奇怪的是，那些錄音帶，他為什麼不交出來給上頭？錄音帶上記錄的一切，可以證明……

想到這裏，我也不禁糊塗了——錄音帶上的一切，只能證明他在蒙古草原上，過了三年莫名其妙的日子，並不能證明他真的「進入了畫中」。

老實說，我對他「進入畫中」的說法，也一直有保留，如果不是又有如今這宗意外，我更可以進一步的懷疑，一切正如水銀將軍所料，全是老狐狸的佈置。可是，如今發生的事，又怎麼解釋呢？

小學教師和小學生的神秘出現和消失，巴圖再次在畫中出現，本人又不知所終。

這一切，又如何解釋？

難道也是老狐狸的佈置？

一想到這一點，我心中不禁怦然而動，甚至整個人都震動了一下，忙問：「他曾對我說，他在追蹤一隻狗，那……是什麼意思？」

水銀將軍的眉心打結：「這件事十分怪，他雖然不再屬於任何組織，但是我們之間還維持着友誼，而且植入的……零件依然有作用，也有專人記錄，在他埋頭研究巫術之後，一直有人專門在記錄他看到、聽到和所說的一切……」

良辰美景插了一句口：「對一個人的控制，到了這一地步，可以說是人類滅亡的第一步。」

水銀的口唇，顫動了一下，可是沒有發出聲音來，從他的口唇的動作中，我可以看出，他想說而沒有說出來的一句話是：他是自願的。

他曾經說過這句話，被我的駁了回去，這時他不想再自討沒趣，所以就不再重複。

我向他作了一個手勢，水銀嘆了一聲：「關於那條狗，紀錄之中，他說了一句：『要在一條黑狗，完全純黑的狗上，解開這個謎。』」

我大是不明：「他……在什麼地方研究巫術的？」

水銀將軍現出極其愕然的神色：「在海地，他媽的，天下竟然荒謬到有一所規模極其大，有着花不完的經費的巫術研究學院。」

他的聲音激動之極，我卻十分平靜：「這是你自己孤陋寡聞，這個研究學院的主持人叫古托，他自己曾深受巫術之害，知道巫術的存在值得研究，所以才創立了這個研究學院的。」

這個巫術研究學院，我是在原振俠醫生那裏聽他說起過的，其中有十分多曲折離奇難以想像的故事。

水銀瞪了我半晌：「你好像什麼都知道。」

我不禁感到一陣悲哀：「絕不可能，巴圖現在究竟在哪裏，我就不知道。」

我的回答十分普通，可是水銀一聽，忽然大是興奮：「你這樣說，就是也不信他又進入了畫中。」

我略想了一想：「很難說，巴圖是當事人，他自己看來十分相信進入了畫中，我們是局外人……」

水銀道：「當局者迷，旁觀者清。」

我還沒有回答，良辰美景已齊聲叫：「到了。」

我全神貫注在和水銀說話，沒有注意車外的情形，這時一抬頭，才看到車子已停在金碧輝煌的大酒店門口了。

四個人下了車，美景將車匙和一張鈔票，拋給門口的司機，小姑娘揮霍起來，簡直令人吃驚，我暗中決定，要和白素，好好教她們認識金錢。

到了我房間中，把那幅油畫放在面前，我和水銀喝着酒，良辰美景低聲商談，我道：「將軍，你還想證明什麼？」

水銀一口喝乾了杯中的酒，又伸手抓起酒瓶來：「我想證明，一切全是老狐狸的安排，十年之前的鬼話是，現在巴圖的失蹤也是。」

我盯着他看，搖頭：「不可能，巴圖調查那件古怪之極的失蹤，起因完全是因為他偶然遇上了女教師和那些小學生。」

水銀長嘆一聲：「你太天真，任何偶遇，都可以精心安排。」水銀的這一句話，倒不能否定，我遲疑地說：「俄國人再安排這樣……的事，目的何在？」

水銀語音鏗鏘，聽來大有斬釘斷鐵的韻味：「想結束這場間諜戰，使所有人相信，人真可以進入畫中，這更證明，元帥，全世界要找的人，正在他們的手中。」

我陡地吸了一口氣，水銀的話，否定了一切巫術魔法的幻想，認為一切都只不過是間諜戰的把戲，這自然不是很合我的胃口，我道：「剛才你還告訴我，人不在KGB的手裏，有着確切的證據。」

水銀的神情，顯得十分悲哀，他嘆了一聲：「俄國人真正要把元帥藏起來，還是可以做得到，我說一切全是俄國人玩的把戲，那只是我一個人的意見，別人，連最高決策者在內，都認為人不在俄國人手上。」

我盯着他，水銀也盯着我。

我已經隱隱感到他想說什麼，有一種忍不住想笑的感覺，他並沒有把他想說的話直接說出來，而是轉了一個彎：「唉，我是實在身不由主，不然，我一定到莫斯科去，探索真相。」

聽得他這樣說，我實在忍不住了，近年來我脾氣好了很多，不然，不是一拳打向他的下頦，就是一杯酒潑向他的頭臉，我的脾氣好得非但沒有動粗，而且沒有哈哈大笑，等他繼續說下去。

這傢伙，他居然有點臉紅，又不敢正眼看我，可是還是抱着億分之一的希望，將他的最終目的說了出來：「其實，你去徹查真相，是最合適人選。」

我反應平靜之極，食指向上，左右搖動了幾下，表示拒絕，他又道：「巴圖是你朋友，他若不是進入畫中，也必然在俄國人手裏……」

我明白他的意思，不等他講完，就冷冷地道：「還是先説説什麼純黑的的狗，我絕對不會到莫斯科去。」突然之間，我轟笑了起來，笑得這位著名的水銀將軍，狼狽之極，張惶失措。

良辰美景也不知道我忽然大笑為了什麼，張大了眼望着我，我指着水銀：「你可以派一個人去，比我適合，這個人，和你的部下，外號『烈性炸藥』的一個女上校，關係十分親近，他的名字是羅開，外號叫『亞洲之鷹』。」

水銀極其懊喪：「你以為我沒有想過？我甚至找過浪子高達，他媽的……」這是水銀將軍第二次口出粗言了，我饒有興趣地望着他，他苦笑：「浪子倒一口答應，不過他要一百萬美金一天酬勞，先付三年。」

我笑得前仰後合，但突然之間，止住了笑聲——我看到良辰美景的神情不對頭，她們竟是一副躍躍欲試的樣子。

這時，我犯了一個錯誤——我現出了相當吃驚的神情，望着良辰美景，雖然那只是極短的時間，而良辰美景那種躍躍欲試的神情，也立時消失，可是一切都已經落在水銀眼中。

我討厭和笨人來往，喜歡和聰明伶俐的人打交道，但是和聰明人來往，也有利弊，非得打醒十二萬分的精神不可，不然，他要是想計算你的話，你就會吃虧。

水銀當然是聰明人，他外號「水銀」，那就是任何隙縫，他都可以鑽得進去的意思。我後來終於不可避免，捲入了這場自有人類歷史以來最大的間諜戰，就是為了當時的一時不慎——我怕良辰美景不知天高地厚，想到莫斯科去「活動」，所以才吃驚，同時以十分嚴厲的目光，制止了她們的妄想，看來已經成功了。

但是這一切，既然被水銀看到，又覺得可以利用的話，事情就大不相同了。

他並沒有當時發動，只是搖頭：「一定要有極出色的人去，才能把人找出來。」

我嘆了一聲：「我不認為有什麼人比巴圖更出色，連他都失敗了，別人也不會成功。」

水銀轉動着手中的酒杯：「可惜他卻上了人家的當，真以為自己進入了畫中。」

我來回走動，思緒甚亂，水銀不相信人會進入畫中，甚至現在那幅油畫就在他的面前，他還是不信，認為那一切全是精心安排的結果。

水銀這樣想法，自然比「人進入了畫中」來得實際，可是，有一個關鍵性問題：如何可以安排巴圖捲入那宗謎一樣的失蹤？

我停了下來：「話接上文，那頭狗，怎麼一回事，巴圖在海地研究巫術，又跑到赫爾辛基來幹什麼？」

水銀望了我半晌：「在接收到的資料中，可以整理出結果來，可是……嗯，這是我們國家一個高級特工人員的機密，我沒有……」

我不等他講完，已經明白了他的意思，不禁又好氣又好笑，立時走到門前，打開門，極不客氣：「對，你沒有必要告訴我，請吧。」

水銀顯然想不到我行動會如此激烈，僵住了不知如何才好。他只好乾笑：

「你看看，我又沒說不講。」

我仍然板着臉，本來，他一見我，顯得那麼高興，也確然很令人感動，但現在知道他的高興，全然是由於他以為我會替他去執行任務，那非但不值得感動，而且令人感到他的卑鄙。那自然不會有好臉色給他。我道：「要說，就痛快些。」

水銀用大口喝酒的動作。來掩飾他的尷尬，當時，我也曾想了一想，他何以忍受我的惡劣態度而不離去，但卻未曾想到他有一個更卑鄙的陰謀要展開。我相信他當時一面喝酒，一面心中定然用最難聽的話在罵我。

他甚至嗆咳了幾秒鐘，才道：「綜合的資料是，巴圖在巫術研究之中，得到了靈感，告訴他，有一條純黑的狗，會告訴他心中之謎的答案，於是，他開始找那條狗。」

我感到匪夷所思：「找一頭黑狗？世上黑狗千千萬萬，上哪兒找去？」

水銀攤着手：「我也不知道，可是巴圖要找的黑狗，可能與眾不同？」

我「哼」地一聲，懶得搭腔，良辰美景道：「那黑狗會……口吐人言？」

滿面。

我沒好氣：「對，會念推背圖！」

水銀雖然見多識廣，可是卻也不知「推背圖」是啥玩意，一時之間，疑容

良辰美景向他追問：「巴圖叔叔是為了找那頭黑狗，找到芬蘭來？」

水銀道：「這不是……很清楚，總之，他在全世界到處亂找——可能他有一定的程序，憑巫術的力量，得到靈感……」

我陡然打斷了他的話頭：「會不會有什麼人利用什麼力量，在影響他的腦部活動？」

水銀神情疑惑，我補充道：「他曾在頭部被植入『零件』！」

水銀搖頭：「那不能起影響他腦部活動的作用！」

我一揚眉：「要是另外有人在他的頭部做手腳，加了一點東西進去？」

水銀搖頭：「我很早就想到過這一點，在他回來之後，作過仔細檢查，絕無這個可能。」

我無意識地搖頭：「他一進入畫中，和你們的聯絡就中斷？」

水銀知道我在想什麼，我是在想，植入巴圖頭部的「零件」，是不是會有副作用，反而使他容易給利用。水銀也搖着頭：「信號十分微弱，要加以干擾、破壞，十分容易，不能藉這一點證明他真的進入畫中。」

良辰美景來回走動，紅影晃得人眼花撩亂，她們還對我表示不滿：「衛叔叔，求求你別再打岔，讓將軍說下去好不好？」

水銀忙道：「他忽然到了赫爾辛基——究竟什麼原因，只有他自己才知道。其實，要安排一個人，不論他是什麼人，自願到一個地方去，是十分容易的事。」

良辰美景笑了起來：「吹牛！你就無法安排衛叔叔到莫斯科去！」

我知道他還是不死心，反正我打定主意，不去理他，他也拿我無可奈何。

他又道：「如果衛先生沒有防備，那麼，通過很多精心安排的小事，去影響他，要他自願到一處地方去，就十分簡單。」

良辰美景聽得大有興趣，水銀趁機發揮他的理論：「人十分主觀，都以為被迫去做一件事，十分痛苦，要反抗；自願去做，就大不相同。事實上，人的行動，可以說沒有一件是真正自願的，都只是意識上的自願，那種自願，是許許多多外來條件影響的結果。」

我有點不耐煩；「你長篇大論，想說明什麼？」

水銀用力一揮手：「我想說明，巴圖來到赫爾辛基，遇見過那個女教師和小學生，使他有興趣去調查他們謎一樣的失蹤，一直到在那私人博物館中發現那幅畫，到他進入畫中，全是精心安排的結果。」

我和良辰美景都睜大了眼睛，他的話，的確令我們吃驚，如果真是這樣的話，那麼，整件事情，就一點也不神秘了。

水銀接着說：「世上雖然有許多神秘的事，但這件事不是，那全是俄國人的安排。」

良辰美景高聲道：「可是，女教師和小學生……」

水銀打斷了他們的話頭：「從蘇聯來，回蘇聯去，你怎麼查得出他們的來龍去脈？為什麼要揀芬蘭？因為芬蘭和蘇聯有很長的接壤——有些俄國領土，根本就是從芬蘭手上搶過去的，那私人博物館，如果有一億英鎊的藏品，會那麼容易進出嗎？」

給水銀一剖析，「精心安排說」似乎大可成立。

而且，水銀也早已說穿了俄國人的目的，是想藉着「人在畫中」的說法，使各國間諜死心，把這場間諜戰結束掉。

水銀又道：「種種安排，成了一個精密無比的圈套，等你們鑽了進去，還不自覺！要是肯定了這一點，再回想一下，就可以知道，有許多許多破綻，例如巴圖忽然會去找衛斯理，俄國人就料不到，他又會和兩個紅衣少女一起來，俄國人也不知道，要是知道了，那油畫上就會有她們兩個。」

良辰眨着眼：「油畫有兩幅，一幅有巴圖，一幅沒有巴圖？」

水銀點頭：「那還用問，我相信畫家一定在很遠處，不然，可以立即把他找來，把你們也畫上去，連你們也進入畫中了！」

良辰美景各吐了吐舌頭：「現在，巴圖叔叔又落到俄國人手裏了？」

水銀笑：「他不會吃苦，他會和那女教師、那些孩子在一起，而且，我相信不會太久，最多幾天，就會讓他出來，看來俄國人很急於結束這件事。巴圖兩次『入畫』的事一傳開來，所有人都會相信他們的話，而放棄找尋一個在畫中的人！」

良辰美景側着頭：「想起來是犯疑，我們去偷畫，如入無人之境，可偏偏在要下地窖時，守衛走了出來。」

水銀「哈哈」大笑：「如入無人之境？我相信，你們的每一個行動，都在十個以上電視攝像管的監視之下！守衛突然出現，自然是怕你們兩人也進去！」

良辰美景駭然：「巴圖一進去就遇襲？那地窖另外有出路？」

水銀一連發出了幾下悶哼聲，大有『你們到現在總算明白了』的意思。

我陡然心中一動，想起了一件事來，指着那幅畫，聲音聽來很尖銳：「將軍，我可以立刻證明你的假設，是不是能夠成立。」

水銀畢竟經驗極其豐富，先是一呆，但不到半秒鐘，他也「啊」地一聲，整個人直跳了起來！良辰美景更是精靈無比，立時道：「如果一切真是精心安排，這幅畫，必然有竊聽裝置！」

第十二部

中了水銀的奸計

那正是我所想到的——俄國人作了那麼精密的安排，讓我們上當，他們只要在畫上做些手腳，裝上偷聽裝置，就更能知己知彼了，而且，現代利用脈衝信號原理的竊聽裝置，可以薄得如同一片魚鱗，這幅畫連畫框，可供放置竊聽器的地方太多了！

我們開始檢查，五分鐘後，水銀先放棄，理由是：「一定要用儀器來檢查，我那裏有這個裝備。」

我和良辰美景又找了一會，也承認若是用儀器來檢查，會容易得多。水銀老實不客氣地把畫挾在腋下，望向良辰美景：「衛先生是絕不到情報機構去的，你們可有興趣？我那裏，很有點有趣的……」

我不等他說完，就大喝一聲：「住口！」

良辰美景立時道：「我們也沒有興趣。」

我一聽得她們這樣說，大大鬆了一口氣，向水銀揮手：「你快去快回，一有結果，立即要回來！」

水銀連聲答應，走出房間。兩個小鬼頭打了一個呵欠：「忙了那麼久，我們也累了！我們就在這酒店，找一間房間休息。」

她們雖然是小孩，可是畢竟男女有別，我絕無理由把她們留在房中，自然點頭表示同意，她們兩人，也就跳跳蹦蹦，走了出去。

在她們離去的一剎間，我感到事情有點不對頭，可是一時之間，卻又想不出是什麼不對頭，我在沙發上坐了下來，又喝了幾口酒，想把整件事整理一下——這本來是我行事的習慣，往往在整理之中，可以發現很多新線索，有助於揭開整個謎團。

可是這件事，卻實在太錯綜複雜，只能大致歸納為兩類，一類是相信「人進入圖畫」，另一類是「一切是精心安排」。而歸納為兩類之後，兩方面都十分撲朔迷離，沒有確實的證據！

看來，水銀的想法，還是有點道理：真要弄清楚一切，還是得從根子裏去找，到蘇聯去。

一想到這一點，我陡然「啊」地一聲，直跳了起來，連杯中還有半杯酒，也濺了一地。我不是大驚小怪的人，但這時無法不吃驚，因為我想到，剛才感到大不對頭，是為了什麼！

良辰美景太聽話了。

她們竟然「乖」得水銀邀請她們去參觀情報機構，都自動一口拒絕！那種反常情形，必然大有花樣。

我立時打電話到酒店櫃檯，果然，她們兩人並沒有訂房間，反倒是職員看到她們和一個銀白頭髮的老人，一起離開了酒店！

這一老二少三個傢伙，竟然公然在我面前做手腳，這雖然不至於令我氣得手腳冰冷，但呼吸多少難免有點不很暢順。

我在考慮，水銀的機構不知在什麼地方，要是找得出來，還可以把她們帶回來。可是繼而一想，我不禁手心直冒冷汗——如果只是到水銀的機構去參觀一下，那實在太簡單了！

我想起水銀說過，要到莫斯科去徹查失蹤元帥和巴圖的下落時，良辰美景那副躍躍欲試的情形，想起水銀狡猾的神情。

只要我不在眼前半分鐘，水銀只要有講一句話的機會，就可以令良辰美景到任何地方去，他只要說：「你們是和巴圖一起來的，巴圖極有可能落在俄國人手裏了，你們可不能不管！」

良辰美景的身體之中，流的只有「江湖好漢」傳統的血，況且她們自己也喜歡涉險。

我勉力使自己鎮定下來，幸好我也有些朋友，但是當我用電話和一個能告訴我一些事的朋友取得聯絡時，已是大半小時之後的事了。我得到的資料是：「有兩架享有外交特權的飛機起飛，一架飛向莫斯科，一架飛向西方。」

我深深吸了一口氣：假設俄國人把巴圖弄走，也可以假設水銀和良辰美景，先離開芬蘭，再不知用什麼方法進蘇聯去。

水銀說得很明白，這老奸巨猾，他自己不會去，他撥弄兩個小女孩去。他自然知道，兩個小女孩去了，什麼都做不成（連巴圖都做不成的事，良辰美景怎做得成），水銀最終目的，是要我為了擔心良辰美景的安危，而出馬去救她們。

這就是水銀所說的，只要經過一定程序的安排，可以使人自願到任何地方去！

一想到了這一點，我反倒平靜了下來。因為至少可以肯定，第一，雖然暫時我被他們騙了，但他們最後，仍然有求於我。我若是着急，正上了水銀的當，我全然不放在心上，水銀就計不得逞。

若說要我真正不關心良辰美景的安危，自然不可能，可是表面上我至少要這樣，水銀總不能讓她們兩人真落在蘇聯的特務手中。

而且，是不是能在那幅油畫上，找出竊聽裝置來，水銀也必然會來找我商量，他乍一見我時，高興成那樣，不至於是裝出來的。

現在，最主要的是：我應該採取什麼行動？

想了一想，我根本什麼也不必做，只等水銀再來對我威逼利誘時，再設法應付他就可以了。但還是有一件事要做，我必須把良辰美景如今的情形，向白素說一聲，不然，若真是出了什麼事，她一定會怪我照顧不周。

接通了電話，我把經過的情形一說，白素立時就道：「你太大意了。」

我悶哼一聲：「對於自以為了不起的小孩子，最好的辦法，就是讓她們吃點苦頭。」

白素嘆了一聲：「別意氣用事了，她們一不小心，可能會闖大禍。」

我依然冷笑：「那也是她們求仁得仁，我相信在我一不留神時，她們和水銀一定曾眉來眼去，把我當作了傻瓜，太過分了！」

白素也苦笑：「看來，她們比水銀更起勁，不過，也不能否定她們為了巴圖的處境而焦急——還有，我想那幅畫中，決不會有偷聽裝置。如果真是俄國人的精心安排，他們才不會那麼笨，露出破綻來。」

我用力在牀上敲了一拳，以發泄心中的憤懣：「你看她們現在可能在哪裏？」

白素道：「外交飛機飛向西方，那是掩人耳目，從芬蘭邊境，進入蘇聯，太容易了。」

我吃了一驚：「對，我沒想到。」

白素道：「所以，我提議你立刻也用相類的方法，可能有機會把她們追回來。」

我陡然叫了起來：「不！要是那樣，正好中了水銀的奸計！」

白素道：「那也無可奈何，你總不能眼看她們兩個闖出大禍來吧！」

我想了一會，覺得白素的話，也大有道理，可是又實在有不甘，正在沉吟間，忽然有敲門聲，同時，水銀的聲音，在門外響起：「衛斯理先生，請開門。」

我急急對白素說了情形，白素居然笑得出：「好，水銀會安排你進入蘇聯的，祝你順利，快開門吧——話說回來，能參與人類有史以來，最大的一場間諜戰，也是很可以回憶的事。」

我報以「哈哈哈」三下笑聲，放下電話，打開門，水銀竟然一副若無其事的模樣，仍挾着那幅畫。

我懶得和他多講，一揮手：「快安排我的行程，我一定要把她們追回來的了。」

水銀道：「她們早走了那麼久，這上下，怕已到了列寧格勒，追是追不回來的了。」

我氣往上沖，對準了他的臉吼叫，把口水全都噴在他的臉上：「那是我的事。」

水銀涵養工夫好至已極，笑着，伸手抹臉，又指着畫：「什麼也查不出來。」

白素有點料事如神的本領，水銀作了一個手勢：「先確定一下，到那邊去，要做些什麼！」

我瞪着他看，並不出聲，他只好自己再說下去：「我不相信人進入圖畫的鬼話，那自然要設法把失蹤元帥找出來。」

他想得真是「開胃」之至，我語氣冰冷：「在兩千兩百四十萬平方公里的土地上去找一個人？」

水銀道：「總有一定的線索可以遵循，何況，巴圖也極有可能，在他們手裏，先把巴圖找到，你們合作，就力量更強大了！」

水銀竟然向我交代起「任務」來了，這實在令我啼笑皆非！我盯着他：「最快的方法送我去！」

水銀眨着眼：「送她們……也是最快的方法！」

我心中大是疑惑，又吃了一驚：「空降？」

水銀點了點頭：「這兩個小女孩膽子之大，前所未見，她們說有能力適應任何惡劣的環境，所以不怕在冰空雪地之中空降，如果你覺得危險，我有更安全的法子。」

我雙手揚了起來，十指伸屈不定，一時之間，決不定是去擒他的脖子，還是扯他的頭髮，但臉上兇惡的神情，一定十分駭人，所以水銀也不由自主，後退了兩步，雙手連搖：「衛，事情已經是這樣了，不必衝動！」

我咬牙切齒：「我一定會和你算帳！」

水銀倒說得很老實：「我也知道你一定會和我算帳，可是至少把巴圖弄出來，俄國人為了要維持『人進入了圖畫』的鬼話，可能會把他一輩子關在不知什麼地方，或者乾脆把他殺了滅口。」

我也不禁感到一股寒意，特務本來就什麼都做得出來，俄國特務，不擇手段，自然更不在話下，巴圖「進過圖畫」一次，再出來，他自己到處宣揚，現在又進去了，不再出來，還有人作證，他的作用消失，殺他滅口，自然是最正當的處理方法，看來我真還得快一點才行。

我苦笑了一下：「那得快點進行，你對於他在何處，有沒有概念？」

水銀搖頭：「得靠你到處去打聽。那地方，實在沒有多大活動的餘地，像那兩個小女孩，她們曾和巴圖在一起，俄國人一定早已知道……」

我雙手不由自主，握緊了拳，水銀忙道：「放心，我早就算準了，俄國人不在畫上放竊聽器，也就不會承認他們曾安排什麼，一定不會對她們怎麼樣，會讓她們平平安安，知難而退，說不定再作些安排，使她們相信巴圖真的進入圖畫中，好藉她們的口把事情宣揚出來，這……中國歷史上，好像有一個這樣的故事。」

我知道水銀是指《三國演義》上的蔣幹中計一事而言，看來水銀說得很有道理，兩個小傢伙不會有什麼危險，連帶我，只要不發現他們真正秘密，多半也能「逢凶化吉」，真正危險的是巴圖！

我托着頭思索，盯着那幅畫看，水銀利用了一具小巧的無線電話，下達了幾個命令。然後，和我一起離開酒店，直赴機場，在機場的一個角落，停着一架並沒有明顯標誌的小飛機。

水銀這傢伙，倒有點夠意思，他竟然和我一起上了飛機，這使我興起一個念頭：他的手段絕不高尚，十分卑鄙，我考慮是不是當我向下跳的時候，把他硬拉下去，至少也叫他吃點苦頭。

但是考慮的結果，還是嘆了一聲算數——我畢竟不是溫寶裕這樣的年紀了，做事，想得太多，三思而後行，這實在不是好現象，想到立刻就決定，這才是勇往直前的一股衝勁！一上機，水銀就交給了我一包東西。

飛機雖然小，但是飛得相當高，在密密的雲層中飛，駕駛員是一個身形很高的小伙子，雖然擔任的是秘密任務，可是絕不沉默寡言。他在把降落傘交了給我之後，在整個駕駛過程中，幾乎都在對我說話。

他不久之前才送走了良辰美景，小伙子對良辰美景的興趣，簡直到了沸點，連連問：「東方女孩子全是那樣？全那麼可愛？」

我懶得和他多說什麼，他一副心癢難熬的樣子：「這兩個女孩子，真大膽，說是從來也沒有跳過傘，可是艙門一開，就像兩朵雲一樣，飄了下去，我……將軍，我違反了規定，在上空多打了一個盤旋，確定她們打開了傘才回航！」

水銀悶哼一聲：「就這一個盤旋，可能使你被俄國打下來。」

小伙子熱誠之至：「我總得確定她們安全才放心。」

我譏諷他：「安全？她們着陸之後，不知多少軍隊民兵在等她們，等她們到了西伯利亞苦工營，她們才真的安全了！」

小伙子大是吃驚：「不會吧，她們那麼可愛，誰會加害那麼可愛的小天使？」

看來小伙子的頭腦有點不怎麼清醒，所以我和水銀，只有相視苦笑。不一會，飛機又急速降低，小伙子這時，倒又表現了他專業的機警：「俄國人本來在俄芬邊界，防備不是很嚴，因為芬蘭人一直很忍讓，近幾年，西方世界利用這一點，甚至中國，也經由芬蘭邊界派人進去，這才嚴了一點，有相當數目雷達站，我們要降低到雷達站測不到的高度飛過去，這需要相當技巧。」

我皺眉：「不見得上千公里的邊界，全在雷達探測的範圍，為什麼不避開？」

小伙子笑：「沒有雷達站的地方，地面巡邏嚴，反倒不如在空中藉飛行技巧避過去好！」

我在他肩頭上拍一下，表示讚賞他的勇氣，他很高興，益發賣弄，飛機在最低時，幾乎就是貼着下面一大片一大片的森林樹梢掠過去的。

然後，飛機又升高，他吸了一口氣：「好了，這是最適宜降落的角度。」

我站了起來，到了艙口，轉頭對水銀道：「我曾考慮過將你一起拉下去！」

水銀泰然：「你不會做這種傻事，萬一，事情和我們的估計不同，你可以提出見兩個人，老狐狸，或者蓋雷夫人都可以。」

我苦笑一下，打開艙門，寒風撲面，如同針刺刀割，我拉好防風鏡，一縱身，已向下跳去，抬頭向上看，飛機竟然也打着盤旋——不知是駕駛員自己的主意，還是水銀將軍的命令，他們的行動相當涉險，而且毫無意義。但有時，毫無意義的行為，很能令人感動。

身子下落了幾百公尺，拉開了降落傘，徐徐下降，降落在一片林子的邊緣，相當理想，地上積雪甚厚，當雙腳插進積雪中時，感覺十分異樣。

我提起降傘，先進入林子，藏好了降傘，打開水銀給的包包，檢查了一下，水銀準備得十分充分，有假的證件——我是來自東方，海參威的一個出差官員，工作單位是「海參威專區氣象局低溫研究所研究員」，有着極完善的證件。他的工作效率之高，令我驚歎，我就無法想像他什麼時候替我拍了照；可以放在假證件上——後來才知道他隨身帶着鈕扣大小的超微型攝影機。

包中還有錢和其它應用物品，足可以提供我行動上的方便——自然，這一切，只能騙騙普通人，遇上了真正的特務，只怕也沒有什麼用處。

更有趣的是，還有一幅地圖，地圖上標明我降落的地點，也指出步行三公里，就可以到達一個小鎮，那裏，有火車通向列寧格勒。

看到了這幅地圖，我心中不禁生出一線希望：要是良辰美景得到的是同樣的地圖（水銀曾不經意地透露過她們會到列寧格勒），她們在雪地上前進比我快，但這種小鎮上，火車班次不會太密，說不定我趕到的時候，她們還在車站候車！

一想到有這個可能，我精神為之一振，先根據地圖上的指示，找到了一條小路，在走了大半公里之後，又在公路旁的幾間農舍的牆角處，偷了一輛腳踏車，自然更縮短了趕往小鎮的時間。

等到我來到小鎮的火車站時，正是凌晨時分，火車站的候車室中，一個人也沒有，冷得像一個大凍房，好不容易找到了一個老頭子，知道每天只有一班車，早上七時到達，駛向列寧格勒，另外一班，早上八時經過，駛向相反的方向。

我不禁大喜，因為，除非良辰美景放棄乘搭火車，不然，她們必然還在附近，而且，我甚至不必去找她們，她們要搭火車，兩小時之內，必然會自動出現，因為現在快五點了。

我向那老頭子買了票，老頭子老得連看證件的氣力也沒有，我找到了暖氣的開關，自行打開暖氣，車站中總算有了點生氣。

在不到一小時的時間中，陸續有人來，我又趁機問那老人，有沒有見到過一雙穿着紅衣服的少女，那老者卻瞠目不知所對。

將近七點鐘，至少有三十多人在候車，可是良辰美景還沒有出現，我有點焦急，心想她們要是先走了，利用了別的交通工具，那就麻煩了，追到列寧格勒，那是一個大地方，如何再去找她們？

愈是想時間慢點過，時間過得愈快——這和愈是想時間快點過，它就過得愈慢一樣——火車居然準時，嗚嗚叫着，駛進了站，所有上車的搭客，必須三分鐘內上車，良辰美景沒有來，我無可奈何，只好上了車，車廂十分空，服務極佳——我絕未想到，蘇聯的火車，有那麼好的服務，一個紥着辮子的列車員過來，問我想喝點什麼，我要了一杯咖啡。

端上的是一杯熱氣騰騰的咖啡，我心滿意足地喝着，一股暖意，在體內循環，我閉上眼睛，車廂在有節奏地晃動，駛過路軌時又發出有規律的聲音，車廂的暖氣適中，這令我產生一股懶洋洋的舒適，而且又着實相當疲倦，所以不多久，就睡着了。

我不知道自己睡了多久，便被一陣十分異特的喧鬧聲吵醒。

那是許多孩子在一起吵鬧說笑的聲音，充滿了童真、歡樂和熱鬧，雖然有時，孩子的尖叫聲會相當刺耳，但只要心理正常，聽到這種喧鬧，總會感到十分高興，生氣勃勃。

身子仍在搖晃，火車還在隆隆作響，我可以肯定，自己還在火車上，我懶得睜開眼來，心想：我睡的時候，火車又靠過站？上來了一群孩子？

我感到有孩子在車廂中追逐，有幾個不斷撞在我的座位上，同時，我也聽到了一個清脆悅耳的女性聲音，不住要孩子安靜些。

這時，我已隱約感到，雖然不像會有什麼意外，但一定已經有意外發生了，也就在這時，我聽得那動聽的聲音在叫：「彼德，安芝，不要打開窗子！」

我陡然震動！

彼德，安芝，是很普通的名字，可是，一群孩子，一個動聽的聲音（發自一個女教師？）還有那兩個孩子的名字，卻一下使我想起，那失蹤了的小學教師，那些小學生，那幅畫！

他們全是從畫中出來的人，還是我現在已經進入了那幅畫中？

第十三部

把戲被戳穿了

一想到了這一點，所感到的震慄，是幾乎沒有勇氣睜開眼來！

我想我一定呆了相當久，只覺得一陣陣孩子的喧鬧聲，化成了嗡嗡的聲響，當我終於有勇氣睜開眼來時，發現有好幾個可愛的男女孩童，在我的面前，用充滿了好奇的神情望着我！

一看到了那幾個孩子，我又不由自主，發出了一下呻吟聲——我認得他們！雖然我從未曾見過他們，但是我的而且確認識他們！

他們全是那幅油畫上的孩子！

女教師的聲音自不遠處傳來，我鼓足勇氣循聲看去，看到了她——不但和畫上的一樣，也和巴圖所詳細形容的一樣。

她也正好向我望來，帶着極動人的淺笑，可是又略有驚訝的神色。

我想我那時的樣子，一定難看之極，因為我意識到，我……極有可能，進入了那幅畫中，和巴圖一樣，進入了畫中！

要不然，怎麼會有那麼多完全屬於圖畫中的人，會出現在我的眼前？

可能只有兩個：一是他們出來了，一是我進入了圖畫！

一想到有可能是他們出來了，我心中好過了一些，因為雖然巴圖曾告訴過我，說進入了圖畫之後，全然不覺得自己是在一個平面上活動，但是在思緒上，總有被壓在一個平面上的壓迫感，不會產生舒暢之感的！

我張大了口，望着那女教師，陡然叫了起來：「是你們出來了？還是我進來了？」

我一開口，連自己都嚇了一跳，因為我發出的聲音，又尖又澀，難聽之極，比狼嗥好不了多少，所以，在我一叫之後，所有正在喧鬧的孩子，都靜了下來，離我遠的幾個，現出害怕的神情後退。

女教師也現出十分駭然的神情，但正像她應該做的那樣（我的意思是，在她的行動中，根本找不出任何破綻），她用十分柔和的聲音反問：「先生，你這樣說……是什麼意思？」

我急速地喘着氣，揮着手，搖搖晃晃，站了起來。這時我的樣子自然更駭人，孩子們緩緩後退，聚到了女教師的身邊。

女教師也有駭然的神情，可是她卻十分勇敢，雙手拉住了兩個看來年紀最小的小女孩的手，面對着我，挺起了胸，像是一頭保護着一群雛雞的母雞。

我剛才叫出的那兩句話，確實不容易叫人一下子就明白，但是我相信她一定明白，只要她是來自那幅畫，她就明白。

我這時，雖然還十分震駭，但是總比乍一發覺自己處在這群人之中時好得多了。而且，我畢竟有過許多許多怪異莫名的經歷，能夠在非常的環境之中，迅速地鎮定下來，而且，眼前的女教師和孩子們，看來一點攻擊性也沒有，他們怕我，比我怕他們更多！

我深深吸了一口氣，仍然向着女教師：「請問，你，和這些孩子們，來自何處？」

這是一個最簡單的問題，就算去問白癡，只要不是太無希望的白癡，也一定可以回答出來的，可是女教師一聽，在她的俏臉上，立時現出一片迷惘。本來她雙頰白裏泛紅，艷麗之至，可是一下子，也就沒有了血色。

她瞪着明澈的大眼睛，望着我，眼神中所流露的那種無助，簡直叫人辛酸，就像是我逼着她要把相對論好好解釋一遍。

孩子們也全不出聲，車廂中十分平靜，我又把剛才的問題，問了一遍，女教師仍然沒有回答，卻有一個孩子的聲音在反問：「老師，為什麼老是有人問我們這樣的問題？」

女教師向說話的女童望了一眼，低嘆了一聲：「人總是有好奇心，我和這位先生有些話要說，你們只管玩，看外面的雪景多美麗！」

女教師一面說，一面向窗外指了指，我也不由自主，循她所指，向窗外看了一眼。

窗外，是一綿亙無際的草原，皚皚白雪，極目看去，略見屋舍林木，景象單調，乏善足陳。

我記得我是在前赴列寧格勒途中，鐵路沿線，當然不會繁華。我又向另一邊窗子看了一下，看到的情景，全然一樣。

這時，我不知道發生了什麼事，但是我知道一定有事發生，我忙又向那女教師望去，女教師已向我走來，孩子們又開始自顧自遊戲，但是都有點忌憚，不像剛才那樣，大聲吵鬧。女教師來到了我的面前，柔聲道：「先生，我們坐下來談？」

我不由自主坐了下來，火車的座位面對面，她在我對面坐了下來，雙手交岔着，細長的手指，瑩白無比，然後，她用十分迷惘的聲音說：「先生，你剛才問我的問題，正是我想問你的！你能不能告訴我，我和這些孩子，從哪裏來？」

車廂中應該有暖氣，溫度適中，可是我一聽得那女教師這樣說，不禁感到了自頂至踵的一股寒意。

我眼睜睜地望着她，半晌，才道：「你……這樣說，是什麼意思？」

女教師蹙着眉：「本來，我從來也未曾想過這個問題，我和他們在一起……」

她指了指孩子們：「一切都很正常……很自然，像是什麼問題也沒有，我有時，會帶着孩子們，到處走走，有時也會碰到許多別的人，也都沒有什麼問題，一直……一直到……到……」

她講到這裏，現出了十分猶豫不決的神情，像是不知如何說下去才好。

我一直在用心聽她的話，所以知道在常理之下，她應該說什麼，所以我就提醒她：「一直到前幾天，或者是前些日子。」

她仍然皺着眉，好像不習慣地重複着我所說的話，在那一剎間，我又陡然想起——如果她真是從一幅畫中來的，那麼，她對於時間，一定絕無概念，畫中的人，時間對之沒有什麼影響，不像是活生生的人，過一年，就老一年，人人無法避免，而畫中的人，過上一百年，一千年，還是不變的。

我不由自主，吞了一口口水：「別理它，你說起了什麼變化吧……」

女教師美麗的臉上，有極度的迷惑：「在我和孩子中，忽然來了一個人，這個人……我好像曾見過，他一開口，就連連怪叫，說他的名字是巴圖……」

我發出的吸氣聲，尖銳之極，甚至打斷了她的話頭，她用懷疑的眼光望向我，我急不及待地向她作手勢，示意她快點說下去。

她又道：「這位巴圖先生……他的話很怪，他說，我和那些孩子，是在一幅畫上的，我們不是世上的人，只是畫中的人！」

我不由自主，發出了一下呻吟聲：「你是說，你自己從來不知道這一點？」

女教師神色極度茫然，過了一會，才點了點頭。

我思緒紊亂，疾聲問：「巴圖呢？」

我始終覺得，在一連串雜亂無章的事件中，巴圖是極重要的人物，非把他找出來不可。

女教師道：「他剛才在前面一節車廂——」

我不等她講完，就直跳了起來，一面吩咐：「你在這裏等我，我去把他找來！」

我急急向前走，來到了車廂的盡頭處，推開門，一股寒風，撲面而來，令我機伶伶地打了一個寒戰。寒冷的空氣，能令人清醒許多，也就在這時，我聽得那女教師在叫：「你不必去找他，他說，他喜歡和我們在一起，他要永遠和我們在一起！」

她可能還嚷叫了什麼，但我由於急着要尋找巴圖，所以門已在我的身後關上，我走進了另一節車廂，車廂中的人不多，就像是所有旅客不多的車廂一樣，各人都在做着他們該做的事，看來正常之極。

（太正常了！）

顯然巴圖不在，我又急急再走向前，有幾個人用好奇的眼光望着我。

在另一節車廂，我遇上了列車上的服務員，我向他形容巴圖的樣子，他用心想着：「我不記得曾見過他，你只管每節車廂找一找！」

我一共找了八節車廂，已經不能再找了，因為那已是最後一節車廂了。

我又急急走回去，剛才女教師伸手，指向列車的尾部，巴圖不見了，我還要再和那神秘的女教師作進一步的談話，可是，當我回到了我一直乘坐着的車廂時，我睜大了眼睛，一句話也說不出來！

整節車廂是空的！

在最初的幾秒鐘，我真的感到了震驚，首先想到的是，滑雪比賽現場的謎一樣的失蹤，又重複了一次！接着想到的是，女教師和兒童，再加上巴圖，從圖畫中走了出來，如今又突然消失，那自然又「回到」圖畫中去了。

可是，那卻只是最初幾秒鐘的想法，接着，我有豁然開朗的感覺——應該說，我有「正應該如此」的感覺，要是我回來之後，女教師和孩童還在，那才是怪事！

雖然在前面，一直到火車頭，還有好幾節車廂，我也不會向前去，去尋找女教師和孩童，或是對他們的消失表示吃驚，或是大驚小怪，去向列車長投訴，因為在剎那之間，我覺得我已明白了一切！

水銀將軍的猜測不錯：一切全是精心的安排！

安排得太精心了，太完美了，配合得太天衣無縫了，這反倒成了虛假，在這樣的安排之下，一次二次，絕對不會覺得人在圈套之中，但三次四次，就會發人深省，知道那終究只是圈套。

機關算盡太聰明——機關是不能算盡的，留些餘地才好，可是太聰明的人，卻又非算盡不可！

我忍不住發笑，笑得十分自然，才一進車廂時的驚愕神情，自然早已消散，我腳步輕鬆，在我原來的座位上，坐了下來。

我相信，我一定接受着嚴密的監視，這種監視，極有可能，在水銀陪着我上那架小飛機時已經開始了。監視水銀的行動，連帶監視我，那只不過是這場人類有史以來最大的間諜戰的小插曲而已！

我一直在被監視中，上了車之後，他們的計劃就開始展開，關鍵自然是那杯又濃又香的咖啡，我迷醉了多久？可能是整整二十四小時，那足可以安排女教師和孩童的出現了。

接着，再安排他們失蹤，使我相信，他們來自一幅畫，又回到了一幅畫中——那就是他們要通過巴圖的報告要人相信的事，如果再能令我相信，一宣揚出去，他們的故事，就幾乎能變為事實了。

可是，我是我，巴圖是巴圖，巴圖可以相信自己在畫中三年，我不以為自己會進入畫中，也不相信有什麼魔法，可以使人進入畫中！那女教師的演出太精彩了，整列車上的人，表演得太完美了，我想，這時，列車長、列車員、眾多的乘客，一定都等得急不及待了：這個中國人，怎麼還沒有大呼小叫，說一個教師和一群兒童竟然不見了？

我忍不住笑了起來，點着了一支煙，徐徐地噴出了一口。果然，他們有點等不及了，那列車員走了進來，看了一下，像是不經意地道：「啊，只有你一個人，嗯，找到你要找的人沒有？」

我笑吟吟望着他：「我的確是要找人，不知你指的是誰？」

列車員訝異，將巴圖的外形，形容了一下：「就是你剛才告訴我的。」

我笑道：「還有，我還要找兩個一身紅衣的……」

我講到這裏，故意突然停了下來，那列車員想是急於要和我講話，因為我的行動，超出了他們的安排之外，愈是精心安排的計劃，愈是不能有絲毫差錯，一有差錯，整個都會打亂。

他們一定先要弄清楚為什麼我會那麼反常，有點急不及待，是以那列車員就中計了，他道：「那兩個少女？我見過她們，在車上……」

他講到這裏，也陡然知道自己中計了，因為我只説到「一身紅衣」為止，並沒有説出是什麼樣的人。

而那列車員卻説出了「少女」。

列車員的話講到了一半，也陡然知道他自己犯了什麼錯誤，本來留着八字鬚，樣子十分神氣的他，剎那之間，臉色蒼白得可怕，身子在不由自主發抖。

我望着他微笑：「把戲是早已拆穿了的，雖然你說漏了口，更使我相信那是把戲，不過責任並不在你。你不是負責人？找你們中間最高級的來！」

那列車員的喉際，發出一陣難聽的聲響，腳步踉蹌地走了開去，我怡然自得，用十分舒服的姿勢坐着。不一會，就有一個人走了進來。那人約莫六十上下年紀，一臉的精悍之色，我好像曾在尋找巴圖的時候，見他在車廂中充乘客。

那人在離我不遠處站定，目光灼灼望向我，我立時知道了他是什麼人。

我向他作了一個手勢：「老狐狸，坐下來談談？」

老狐狸不愧是老狐狸，早就有了我一見他就知道他是什麼人的心理準備，所以連眉毛都未曾動一下，就在我的對面坐了下來。

他一坐下之後，動作倒出乎我的意料之外，雖然他仍然盯着我，可是卻不由自主之間，現出極疲倦的神情，而且，伸手在臉上，重重撫摸了幾下。然後，他才道：「很高興能見到你，衛斯理先生！」

我冷笑：「只怕不是那麼高興，因為我戳穿了你精心安排的把戲！」

老狐狸有點無可奈何地笑了起來：「把戲也早該被拆穿了，事實是，已經不想再玩下去，或者說，再玩下去已經沒有意思！」

我一時之間，不明白他這樣說是什麼意思，我只是一揮手：「那與我無關，我關心的只是巴圖，和那一對紅衣少女的安危！」

老狐狸眨着眼：「你當然不會相信，他們進入了一幅畫中？」

他在這時候，還有心情說這樣的廢話，那真不容易之至，我笑了一下：「那幅畫，你們自然早已準備好的了。」

老狐狸揚了揚眉，略低下頭，低聲說了一句什麼，不一會，就看到一個人，挾着一幅畫，走了進來，他作了一個手勢，那人把油畫面向我，我看了之後，也不禁讚歎了好幾聲。

畫上，有女教師和孩子，有巴圖，又多了良辰美景，她們在畫中，正展開向前飛撲而來的姿勢，動感猛烈，足證畫家的藝術造詣之深。

老狐狸倒並沒有玩什麼花樣，自行解釋：「我們的人，會帶着這幅畫，把在水銀那裏的一幅換出來，只要你相信了我的安排，回去一說，他們全進入了畫中，那還有疑問麼？怕本來不信的水銀，也非相信這個神話不可！」

我默然半晌，忽然想起了一個令我遍體生寒的問題：「人人都相信了你的神話之後，你準備如何安排巴圖和兩個少女？」

老狐狸笑了起來，他笑的時候，皺紋甚多，他的笑容，叫人看了很不舒服，帶着殘忍和那種對他人命運絕不關心的冷漠：「巴圖沒有問題，只要那女教師長在他身邊，他看來很願意成為畫中人，再不去想自己究竟是在什麼地方……我這樣對老朋友，實在是為他好，如果有人要這樣安排我下半生，我一定滿足。」

我本來就有點心寒，一聽得老狐狸這樣說，更是駭然之至！

照老狐狸的說法，任何人的一生，他都可以作出安排，使得被安排的人心甘情願接受也好，不情不願接受也好，總之非接受不可！

這是多麼可怕的一種安排。

可是，不單老狐狸那樣說，水銀將軍也那樣說：他們兩個，都是極有權勢的人，都那樣說。

那等於說，通過權勢，可以決定、可以安排任何人的命運，在許多情形下，這種安排，都在不知不覺進行，被安排者，一無所知。

少數的，極少數的權勢，整個地球上，掌握了那種權勢的人，可能不超過五百個，但通過他們的安排，可以決定五十億地球人的命運。

老狐狸望着我，他或者看穿了我正想到了什麼，他喃喃地道：「一直是那樣，一部人類歷史，就是絕大多數人被絕少數人安排的過程。」

我緩緩吸了一口氣，也緩緩而沉重地點頭，老狐狸說得很對，人類歷史就是那樣——秦始皇要造長城，幾千幾萬個家庭就破裂，羅馬大將要立戰功，幾千幾萬個人就喪生，老瘋子晚年忽然大發其瘋，幾千幾萬人就受盡痛苦折磨而死，希特勒為了證明他的日耳曼優秀論，幾千幾萬人成了炮灰……

這種事，在人類歷史上，可以找出幾百宗幾千宗幾萬宗！

比較起來，若是安排巴圖與那女教師，像所有神話故事結束時一樣：「從此他們快樂地生活在一起」，那是最好的安排了。

我苦笑了一下：「那一對少女……」

老狐狸側着頭：「她們比較傷腦筋，但是要她們相信自己到了畫中，要安排她們在畫中找尋巴圖，拖上三五年，也不成問題。」

我一揮手：「就像巴圖在蒙古草原上尋找那禿頭元帥一樣。」

老狐狸狡猾地笑：「類似。」

我再問：「她們會相信自己進入了畫中？」

老狐狸笑：「正在極度的疑惑中，再有進一步的安排，她們就會相信——讓她們見一下巴圖，而又不讓巴圖和她們交談。」

我想了一想，愈來愈覺得事情可怕，我想盡快了結這件事：「現在，既然神話已被拆穿，我對任何事情都沒有興趣，也不會對別人去說，我只要巴圖安全，而要良辰美景跟我回去！」

我說的時候，語意十分誠懇，但也極其堅決，表示不達目的，絕不干休。

老狐狸望着我，不出聲，我有點發急：「元帥在不在你們手中，仍然不能肯定，你不必怕秘密泄露……」

我才講到一半，老狐狸忽然用力一揮手，打斷了我的話頭，沉聲道：「元帥，一直在我們手裏。」

我淡然頷首道：「這是意料中事，不然，你們也不必裝神弄鬼，安排什麼人進到了圖畫中的神話了。」

老狐狸的聲音更低沉：「飛機失事，元帥奇蹟般地生存，我們第一時間發現了他……」

我忙伸手，掩住了自己的耳朵：「別對我説這些，我一點也沒有興趣。」

我是真正的沒有興趣，元帥的生還和他攜帶的文件，形成了糾纏達十年之久的、號稱自有人類歷史以來最大的間諜戰，我可不想去淌這個渾水！

老狐狸「咯咯」笑着，笑聲十分尖鋭：「我一定要讓你知道！」

我抗議：「我不想淌渾水了。」

老狐狸詞鋒鋭利：「你已經在淌了。」

我也不甘後人：「就算已經淌了，也要快點退回去。」

老狐狸幸災樂禍地哈哈大笑：「淌到了河中心，退回去和前進，一樣的路程，何不淌到對岸去看看，或者風光更好？」

我用力地搖頭：「不！」

老狐狸居然伸了一個懶腰，十分慵懶地道：「那只怕由不得你！」

我霍地站了起來，神情惱怒。

第十四部

被上司出賣的特工

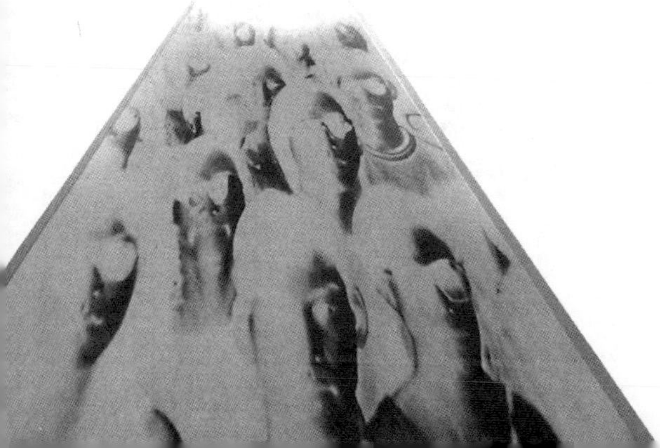

老狐狸望着我：「當然不會強迫你，而是你的一切行動，都會是他人精心安排之後的結果。」

我怔了一怔，還想反駁他的話，可是老狐狸卻陡然轟笑起來：「別的事我不知道，至少在這件事上，你的一切行動，都照人家的安排計劃在進行。」

我張大了口，還沒有出聲，老狐狸就伸出了一隻手指，直指着我：「從巴圖忽然又出現在你面前起，好好想一想經過！」

我知道他想暗示什麼，他是想說，我在巴圖的安排下，在水銀的計劃下，捲入了這次間諜戰，他這樣說，不能說沒有道理，但我也必須辯駁一下：「不能那麼說，要是你的說法成立，那麼任何人的一切行動，都是他人安排的結果了——因為人群體生活，無法脫離任何人的影響而單獨生活。」

老狐狸的神情和聲音，聽來都有一種相當深遠的悲哀：「本來就是，拿那位聲名顯赫的元帥來說，你以為他是自己要利用飛機逃亡嗎？從他被捧上了第二把交椅開始，一切的精心安排也已在進行，一步一步，使得他（或者說逼得他）結果非走上連夜駕機逃亡不可——這種結果，安排者早已知道，只不過被安排者蒙在鼓裏，以為是命運之神在撥弄，以為自己努力掙扎，會開創自己理想的意境——每一個人都這樣想，而這種想法……」

老狐狸講到這裏，略頓了一頓，像是想尋找一個恰當的比喻。我目瞪口呆地看着他，這個老資格的特工人員，可能由於他的經歷，看透了世情，所以才會有那麼深刻的一番話說出來。

老狐狸呆了一呆，又伸手在臉上重重撫摸了一下，才道：「就像……扯線的木頭人，忽然異想天開，想離開扯線人，而有獨立生命一樣。」

他講完了這句話之後，好一會不出聲，我也不說什麼，雖然列車仍然在轟隆轟隆地前進，可是車廂之中，卻有極度的靜寂感。

我過了好一會，才道：「那……太哲學化了，說點實際點的。」

老狐狸苦笑：「好，最實際的是，你進入我國國境，全是水銀這老東西的安排。」

我不但同意，而且憤然：「你可以說，我是中了他的奸計。」

老狐狸苦笑：「水銀的一切行動，也接受安排，他自己以為一切全在秘密中進行，但實際上，他的一舉一動，我們都知道。」

我勉力使自己鎮定下來：「他組織中有叛徒？」

老狐狸提高了聲音：「任何組織內都有叛徒！我們組織裏，也有他的人。」

我不想接觸太多有關雙方組織的情形，我問：「那元帥，水銀說一定已在你們手裏。」

老狐狸的回答，很有點玄：「人人都那麼說。」

我不明所以，用疑惑的眼光望向他，他補充道：「我的上司這樣告訴我。」

我心中一凜：老狐狸這樣說，是什麼意思？暗示他的上司也在騙他？

我定了定神：「人到了畫中，你在蒙古草原上的種種活動，全是……」

老狐狸接口：「全是上面的安排，目的是要各國特工，相信元帥的處境，神秘之極，和魔法、巫術有關——現在，這一類的事，信者甚多，又有西方最能幹的特工，巴圖親身的經歷，人人都應該相信。」

我悶嘆了一聲：「可是效果顯然不如預期？」

老狐狸嘆了一聲：「如果衛斯理也相信曾進入過畫中，那就十全十美了！」

我用力一揮手，雙手拍着桌面，好使身子俯向前：「你的上司，這樣想使人相信元帥進入了一幅畫中，真正的目的是什麼？」

老狐狸一點也不考慮：「為了掩飾真相。」

我疾聲問：「什麼真相？」

老狐狸的神情也有點激動，顯然那是他想到了不知多久，但是從來也未曾對任何人說過的話：「真相是，那元帥，在他們手中！」

我也是想到了這一個結論，老狐狸的想法，和我一樣，那對我來說，已經夠令人震驚的了，對老狐狸來說，他從想到了這個結論起，所受的心理打擊之大，可想而知，難怪他時時有疲倦之極的神態顯露。

因為，那說明了他的上司向他隱瞞了事實，欺騙他，不信任他，而又繼續利用他。

在特工組織中，再也沒有比不被信任更可怕的事了！一個不被上頭信任的特工，地位再高，能力再強，儘管繼續在執行任務，但也和行屍走肉無異，因為他是一個被上級出賣了的人。

我盯着老狐狸，心中對他有無比的同情，可是實在不知道用什麼言語去安慰他，他苦澀地一笑，想來是在我的眼神中，看到了我對他由中的同情，所以他喃喃地道：「謝謝你！謝謝你！」

我苦笑：「你是什麼時候得到這個結論的？」

老狐狸沉聲道：「最近，上頭又要我在芬蘭安排『人在畫中』的把戲之後，根據種種迹象——連你也可以得到那種結論，我自然更可以。我是一個被自己上級出賣了的特工人員，和巴圖一樣！」

老狐狸最後那一句話，令得我整個人直跳了起來，恰好車廂一個搖晃，令我站立不穩，又坐回在座位上。我張大了口：「巴圖……誰出賣了他？」

老狐狸的聲音十分平淡：「水銀，或者比水銀更高級，更有權的人。」

我胡亂比劃着雙手：「不……至於吧？西方的特工系統，不至於那麼……」

我沒有把下面的一連串形容詞說出來，老狐狸已轟然大笑，然後，他笑聲陡然停止，也把雙手按在桌上，身子俯向前：「我們一直在留意巴圖的行蹤，發現，我們安排好了芬蘭的『失蹤』，隨時可以上演之際，巴圖也在那時，到了芬蘭，極可能是水銀的安排。」

我早就知道特務工作很有些匪夷所思的過程，但是也決計想不到可以出格離譜到這種程度，我忙道：「巴圖在路上遇上女教師和學生是安排好的，你在指責什麼？指責水銀和你的上司有勾結？」

老狐狸搖頭：「水銀還不夠高級，極有可能，連他都是被出賣的。」

我「嘿嘿」地笑了起來：「這太不可思議了！東西方特工組織的最高首腦，竟然會攜手合作，這太天方夜譚了吧，你的想像力太豐富了！」

老狐狸搖頭：「不是我想像力豐富，而是你對世界微妙的局勢，缺乏敏銳的觀察力。」

我凝視着他，漸漸知道他想表示什麼了，我順手取過一張紙來，撕成大小相若的三塊，然後，把其中兩塊，放在一起：「你的意思是，為了要對付這一邊，兩個敵對勢力，進行了一次史無前例的合作。」

老狐狸點頭：「這種情形，在歷史上太多了。」

我道：「就算是那樣，雙方的最高領導，也不必出賣自己的下級。」

老狐狸緩緩搖頭：「必須，唯有連自己的下級都在出賣之列，才能使另一方相信，元帥既不在俄國人手裏，也不在西方世界處，而是……極神秘的失蹤了！朋友，這就是一切故事的由來！」

我有點咬牙切齒：「一個又醜惡又乏味的故事。」

老狐狸笑着：「和你以前的那些經歷來比較，也許是。你的經歷中，多的是和外星人打交道，而在這個故事中，卻全是地球人，而且是一群勾心鬥角，行事但求目的，不擇手段，可以説無所不用其極！」

我的情緒，頗受感染；「大至元帥，下至學童，真叫人感到悲哀。」

老狐狸長嘆一聲：「別怪孩童，他們……是被安排的，也別怪我，我也是被安排的……」

他傷感地講到這裏，忽然精神抖擻起來：「我剛才說，你現在在河中心，前進和後退一樣，也邀請你和我一起到對岸去，現在你可願意接受？」

我略為遲疑，因為我不知道他的這種邀請，具體的行動是什麼。

我提出來：「請說得具體些。」

老狐狸做了一生特工，但這時，居然現出十分緊張的神態來：「我和你，實際上，是我、你和巴圖，我們三個人攜手，打破人家給我們的安排，把那個元帥找出來。」

我一聽，心頭也不禁怦怦亂跳，好半晌，講不出話，老狐狸的提議，十分對我的胃口，既然已捲入了事件之中，與其被人安排，不如來個突破，來個反擊。

那元帥所帶出來的文件，他本身所知道的秘密，都是情報世界的無上寶庫，要不然，錯綜複雜的間諜戰，也不會持續如此之久，我所知道的，只怕不到百分之一，還不知有多少驚心動魄的在暗中進行。

我考慮了片刻：「我如果接受，算不算是被你安排了在進行活動？」

老狐狸道：「隨便你怎麼想，我們三人聯合，絕對可以打破人家對我們的安排！」

我引用他剛才講過的話：「扯線木頭人，想要自己有活動的能力。」

老狐狸閃過了一絲悲哀：「可以掙扎，總要掙扎。」

我深深吸了一口氣：「你不考慮後果？」

老狐狸口角向上翹：「沒有什麼後果比被上司出賣更壞的了，就算你不答應，我也準備和巴圖一起進行。」

我問：「和巴圖商量過了？」

老狐狸搖頭：「還沒有，但我相信，我去和他一說，他一想通了其中的關竅，必然答應，如果再加上你，那就更沒有問題！」

我又想了一想：「你上司對你行動的監視……」

老狐狸把聲音壓得極低：「上頭想不到我已想通了被出賣的關鍵，不會監視我，以為我一定忠心耿耿的賣命。」

我不禁呆了半晌，在這種你騙我、我騙你的環境中，實在無法在人和人之間達成什麼真正的協議，更不必說什麼推心置腹了。

我和老狐狸之間的情形，也是那樣，但如果答應了他的話，至少可以利用他，見到巴圖。我和巴圖的關係比較特殊，見了之後，再商量下一步應該怎麼樣，就有利得多了。

所以我點頭道：「好，先去和巴圖會合再說。」

老狐狸向我伸出手來，我和他握手，看起來，他像是很有誠意——我看起來，自然更像有誠意，但實際上，心中在想些什麼，自然只有自己才知道。

老狐狸又低頭，低聲講了一句什麼，火車的速度，明顯減低，不一會，就停了下來。

俄國特工的辦事效率極高，火車才一停下，就聽到軋軋的飛機聲，一架小型直升機，在路邊的田野上停下，老狐狸向我作了一個手勢，我們一起下車，冒着寒風，衝下路基，在積雪的田野上奔跑，踢得積雪四下亂濺，不多久，便上了直升機。

目的地顯然是在火車上的時候，就已聯絡好的，老狐狸沒有吩咐什麼，直升機已開始飛去，方向是俄芬邊境，不一會，便在一個只有幾棟房子的小村莊前降落，老狐狸和我下了機，向一棟相當大的、純木材搭成的屋子走去，在門口，就聽得屋中傳出了一陣嘻笑聲——有男、有女、有小孩。

我一聽，就聽出在大聲嘻笑的是巴圖，那嬌美的女聲是那個女教師，而孩童則是那群學童。

老狐狸推開門，我和他一步跨進去，一看裏面的情形，我不禁呆住了！同時，我心中極後悔來找巴圖，可是這時才來後悔，自然遲了。

巴圖、女教師和那群孩童，正在玩一種「老鷹抓小雞」的遊戲，女教師擔任「母雞」，孩童一個連一個，抱住前面的腰，跟在女教師的後面，巴圖是「鷹」，他必須繞過「母雞」，去抓小雞。

他們玩得極投入，極認真，巴圖大聲叫着、笑着，我自認識他以來，從來也未曾見過他的臉上，顯露出如此無牽無掛，盡量享受人生的神情。

自然，他此刻以為自己身在畫中，世上的一切煩惱紛爭，都可以置之不理，心情之輕鬆愉快，可想而知，而且又有女教師那樣的可人兒作伴。

所以，我一看就後悔，不該去見巴圖——這樣的愉快輕鬆、無牽無掛的日子，並不是人人都可以有機會得到的！巴圖得到了，就該讓他繼續下去，多一天好一天。

可是，我們的出現，卻把他這種日子終結了。

我們向前走出不幾步，巴圖也看到了我們。

他整個人僵呆，神情之古怪，真是難以形容之極，老狐狸先向他打了一個招呼，他也不知道如何反應才好，我急步到了他的身前，他才叫了起來：「你們也來了！也進來了！」

我難過地瞅着他，並且搖了搖頭，巴圖這樣問，顯然他以為我和老狐狸，也進入了畫中。

我正在想，應該如何向他解釋，他才會明白，但是根本不必我解釋，老狐狸的一句話，就使巴圖一下子自迷惑之中，明白了一切發生過的事。

老狐狸並沒有向巴圖說什麼，只是對着那女教師道：「卡諾娃同志，你的任務結束了。」

巴圖陡然震動，立時向女教師看去，一分鐘之前，他神情還是那麼歡愉，接着，見到了我們，是極度的錯愕，這時，他顯然在一剎間，就明白是怎麼一回事，又是失望，又是憤怒，又是難過，我從來也未曾在一個人的臉上，看到過在那麼短的時間中，表現出內心世界那麼複雜的表情，我甚至閉上了眼不忍看。

那女教師立時用了一個標準的軍人立正的姿勢，向老狐狸行了一禮，響亮的答應：「是！」

她向孩子們招了招手，揮動手臂，以標準的蘇聯軍隊的步伐，向外走去。轉眼之間，「女教師」和孩童都離去，偌大的建築物之中，只剩下我們三個。巴圖緩緩轉過身，慢慢挪動身子，像是他的雙腳有千斤重，然後，來到一根柱子之前，把身子向柱子靠去。他靠得太用力了，或者是他全身已缺乏支持身體的力量，是以他的頭，竟然「咚」地一聲，撞在那柱子上。

他也不去撫摸撞到的地方，雙眼失神落魄，也不知望向何方，我看到他這種情形，心中極其難過，老狐狸向前走去，直來到他的面前，大聲道：「喂，別對我說你對於自己身在畫中，沒有絲毫懷疑。」

巴圖的目光仍然渙散，喃喃地道：「懷疑又怎樣，誰會懷疑快樂的日子。」

老狐狸簡直是在喊叫：「那快樂的日子是虛假的。」

巴圖陡然和他對叫起來：「快樂是自己切身的感受，沒有虛假的快樂。」

老狐狸更叫：「明明是假的。」

巴圖簡直聲嘶力竭：「就算是虛假的快樂，也比真實的痛苦好。」

老狐狸有點氣餒：「夢總會醒的。」

巴圖的額上冒着汗：「遲醒比早醒好。」

老狐狸嘆了一聲，伸手在他的肩頭上拍了拍，沒有再說什麼，巴圖向我望來，大有責備之意，我忙道：「我不知道你在『畫』中會那麼快樂，不然，我決不會把你拉回現實來！」

巴圖苦笑，用力甩着頭，又用頭在柱子上重重撞了幾下，老狐狸顯然為了使氣氛輕鬆些，他道：「小心些，別把你頭裏面的那些精密儀器撞壞了。」

巴圖挺了挺身，盯了老狐狸片刻：「為什麼來了一個大轉變？」
老狐狸沉聲道：「不想繼續被上頭出賣，也不想你繼續被上頭出賣。」
巴圖震動了一下，竟不由自主，伸手抱住了柱子一會，才鬆開手來。可知那一剎那間，他感到的震撼，是如何之甚。而接下來的一兩分鐘內，他抿着嘴，皺着眉，我敢保證，至少有超過一百個對他來說，極之嚴重的問題，他正在急速考慮。
足足兩三分鐘，他才吁了一口氣：「犧牲我們，為了做戲給第三方面看？」
他一下子就想到了問題的關鍵，老狐狸鼓掌：「正是如此。」
巴圖的神情十分痛苦：「水銀不會出賣我。」
我也認為如此，所以道：「我看，水銀也是被出賣者，不能怪他。」
老狐狸攤了攤手：「他不重要，重要的是，我們要把元帥找出來。」
巴圖問了一個我未曾想到的問題（我畢竟不是特工人員）：「弄出來了，又怎麼樣？」

老狐狸哈哈笑了起來，笑聲之中，有着悲憤，也有着期待報仇的快感：「把他弄到中立國去，開開記者招待會，一定很熱鬧。」

巴圖一揚眉，我覺得那並不是太有意思，可是看他們兩人的情形，都認為那是對出賣他們的上司的有力反擊，所以十分興高采烈。

我不忍去澆他們冷水，只是提出了一個現實問題：「好了，繞來繞去，又回到老問題上面：失蹤的元帥，在什麼地方？」

巴圖和老狐狸互望，老狐狸發表他的意見：「西方的高層人士，一定曾見過他！」

巴圖道：「可是他人，一定在俄國。」

我提醒他們：「俄國橫跨歐亞兩洲，面積是兩千兩百四十萬平方公里。」要在那麼大的土地上，漫無目的地去找一個人，簡直是不可能的事。

巴圖望向老狐狸：「首先要知道，秘密到達哪一級，有多少人知道。你是副局長，你都不能參與。局長？」

老狐狸苦笑：「理論上來說，在局長面前，沒有什麼秘密，但是……也難說……」

看着他遲疑不決的樣子，我心中也不免駭然，一個秘密，若是連國家安全局局長都不能參與的話，那未免太匪夷所思了。

巴圖突然道：「人在圖畫中的那個計劃，是誰向你下達佈置的？」

老狐狸「啊」地一聲：「不是局長，是軍隊指揮本部的一個將軍，一直掌管情報工作的老人……」

我也明白了：「那就是說，連局長也不知道，誰向你佈置迷惑巴圖的任務，他至少知道一些秘密，先在他的身上着手。」

老狐狸深深吸了一口氣，神情猶豫。

我悶哼了一聲：「怎麼樣，怕難以接近？」

巴圖也發出了同樣的問題，老狐狸道：「不是，他早幾年退休，如今正在黑海邊上的別墅休養，要見他不是難事，不過想想，要在這樣一個老資格的人口中套出秘密來，有可能嗎？」

我沉聲：「有沒有可能，都要試一試——但必須極度機密，巴圖頭上所裝那東西，要繼續令之失效，不能被水銀收到任何信息。」

老狐狸道：「那簡單，抗電波發射裝置，一直在他身上，他自己不知道而已！」

第十五部

俱往矣！

巴圖的眼睜得老大，老狐狸伸手在他的耳朵上指了一指，他立時伸手去捏自己的耳輪和耳垂，然後，苦笑了一下：「我真成了機器人。」

我想起了一個存在已久的疑問：「巴圖，你對你的上司，早就有懷疑了吧？不然，為什麼不把你秘密錄音的事報告上去？」

巴圖皺眉：「人要學會在恰當時候，保護自己。」他說着，向老狐狸望去，他們兩人不單畢生從事情報工作，而且是老朋友，自然可以從對方的一舉一動之中，知道對方的心意。

老狐狸苦笑：「經過我們三人合作之後，你以為我還能在這裏混下去嗎？」

巴圖皺了皺眉：「投奔西方？」

老狐狸大是意興闌珊：「再說吧。」

我有點不耐煩：「你的那些錄音帶，雜亂無章，費了我不少工夫，早知那只是一場假局，誰會去聽？」

巴圖嘆：「早知，世上事哪有可以早知的。當時，我真的以為自己、元帥，都不知被什麼巫術，攝進了畫中，真正相信。」

我向老狐狸望了一眼：「是啊，一切都安排得那麼好，真本事！」

老狐狸並無慚色，只是略有感慨：「那又怎樣，還不是不能令人相信？你在那些日子中一直在錄音，我們的人怎麼不知道？」

巴圖笑了起來：「這是我的秘密，連衛斯理也不知道，你們想知道？」

我和老狐狸都是聰明人，聰明人絕不想知道別人太多的秘密，所以我們異口同聲：「不想！不想！不想！保留你的秘密好了。」

我當然也可以預計得到，太陽能源的超小型錄音裝置，自然在他的身上，說不定也有可能，植在他的身體之內——這個科學機械人！

當下我們三個人的結論是：部署那個假局，迷惑各方特工的將軍，一定知道內幕，自然也可以把真相告訴我們，問題是如何進行。

討論了一會，結論是：不管如何，見到了那個將軍，再見機行事。

到討論告一段落之後，我和巴圖，同時向老狐狸提出了同一問題：「良辰美景，兩個小女孩呢？」

老狐狸皺了皺眉：「有必要使她們兩個，也參加我們的工作？」

我和巴圖互望了一眼，老實說，我們的心中，也難以再決定。

讓她們參加，她們也很有用處，決不至於成事不足，敗事有餘。可是，讓她們捲入這種間諜戰，對她們來說，實在沒有什麼好處。

我吸了一口氣：「她們現在處境如何？」

老狐狸笑：「她們自以為在畫中，和那女教師成了好朋友，正在找尋也進入畫中的巴圖！」

巴圖苦笑了一下，又不無傷感地道：「她的真名是卡諾娃？」

老狐狸瞇着眼笑：「卡諾娃少校。」

巴圖轉過頭去，沒有再說什麼，我道：「那就由得她們暫時留在『畫』裏好了，我們這就出發，一路上，有你這個副局長在，大概沒有問題。」

老狐狸大是感慨：「我這個副局長，有什麼用，連這樣的秘密都不知道。」

我安慰他：「那是天大的秘密，想開一點，連你的局長都不知道。」

老狐狸苦笑，他這人，雖然狡猾無比，但極其有趣，花樣層出不窮，要判斷他在說真話還是說假話，是真心誠意還是在欺騙你，真是困難之極，我和巴圖是好朋友，曾經和巴圖討論過該如何對付老狐狸，巴圖倒十分實在，他嘆了一聲：「你沒有辦法對付他的，只好當他說真的時，你就相信他所說，真是真的。」

我也覺得這是最好的辦法，不然，整日提心吊膽，根本連一分鐘的合作都不可能，還說什麼去把那天大的秘密揭發出來。

離開了那個小莊子，直升機把我們載到列寧格勒的近郊，老狐狸作為副局長，職權範圍相當廣，最好的一點是，在這個寸步難行的地區，由於他享有的特權，就到處可以通行無阻。

在列寧格勒，我們竟無困難，登上了飛往敖德薩的航機，在設備簡陋的航機上，享受着相當好的待遇，老狐狸喃喃地道：「黑海邊上，全是達官貴人的別墅——社會主義的新貴族，你們再也想不到，當一個權貴快要失勢時，新冒上來的權貴，爭奪他黑海別墅的慘烈情景。而誰能爭到，也就是勝利和權力鞏固的象徵。」

我和巴圖都沒有說什麼，他仍然悻悻地道：「真醜惡！只有在權力決定一切的制度之下，才會有那樣的醜惡！」

我有點疑惑：「你說那位將軍已經退休，他還能在黑海邊上保留別墅？」

老狐狸道：「我就是在擔心，恐怕他早已不在了，別看他曾煊赫一時，現在，說不定要花很多時間，才能找到他，在權力決定一切的社會中，人特別善忘。」

巴圖嘆了一聲：「老朋友，別發牢騷了，在金錢決定一切的社會中，還不是一樣！」

我們三人不約而同，齊聲長嘆，心頭黯然。

到了黑海之濱，風光大不相同，黑海沿岸的風景也佳，舉世聞名，那裏的自然風光，和地中海、愛琴海本來都是一樣的，後來，才被人為的因素分隔了開來而已。一下了機，老狐狸就弄了一輛有特別通行證的車子——那一區，蘇聯黨政軍要人麕集，守衛警戒，自然也特別嚴密，沒有特別通行證，不知要惹多少麻煩。車子經過時，我就看到不少武裝人員，手中所持的，竟是輕型火箭發射器。

老狐狸駕着車：「嗯，又多了不少新的別墅，我十年前接受任務之後，來過一次，對了，從這裏轉上去，他的別墅，可以看到極寬闊的海景……」

車子行駛了大約一小時，在各種式樣不同的別墅之間轉來轉去，也十多次被武裝哨兵示意停下，而又立即行禮放行。

一小時後，車子在一棟別墅前停下，才一停下，我們三人便大是愕然，只見別墅前停着許多車輛，大部分都是工程車，整棟別墅，都在進行整修，規模極大，幾乎所有的門、窗都被拆了下來，在那樣的情形下，人決無法住在裏面。

老狐狸急忙下車，我們跟在後面，找到了一個管工模樣的人，問：「發生了什麼事？」

那管工十分粗暴，一瞪眼：「你自己不會看嗎？」

老狐狸取出一份證件來，直送到那管工面前，管工雙眼睜得老大，鼻尖冒汗，老狐狸冷冷地道：「我問，你據實回答。」

管工臉色，縱使不像死灰，也好不了多少，連連點頭，和剛才判若兩人。

老狐狸發了一輪官威，在管工和一個中級軍官的口中，得知老將軍在三個月前，由於健康原因，被批准在黑海邊上的療養院中，長期療養。以老將軍的年齡而論，「長期療養」也是等於說他會在療養院了其殘生，那麼，宏偉的別墅空置着豈不可惜？社會主義的國家財產，豈容這樣浪費？於是他的接任者，也就順理成章，接收了這棟別墅，並且，進行了近乎改建的大裝修。

老將軍到了哪一家療養院呢？黑海之濱，專供達官貴人住的療養院，少說也有三五十家，可是都問不出來，只知道當日老將軍離去時，車子向南駛，而敖德薩以南的黑海沿岸，正是各療養院集中的所在。

老狐狸的結論是：一家一家去問！

這雖然是笨辦法，可是除此之外，也別無良方。我們輪流駕車，反正有老狐狸在，各機關、療養院絕不敢怠慢，沿途風光又佳，走走停停，一直沿着海岸南下，倒也十分快樂，巴圖說得好：「一輩子吃的上佳魚子醬，都不如這三天中吃的多！」

開始，我還不免和老狐狸有一定的距離，但漸漸，我發現這個出色的特務，對他從事了半生的工作，厭倦、厭惡到了極點，這正是他要作一次爆炸性的反抗的原因。而且，他如此認真，完全是深思熟慮之後的結果。

那天晚上，在海邊，我們三個坐在巖石上，聽緩緩的波濤，捲上來又退下去，老狐狸十分堅決地道：「我必須這樣做，只有這樣做了，我才會有我自己，就算我立即被捕，送到西伯利亞去，或是打入黑牢，至少我找回了我自己——扯線木頭人，忽然可以成為真正的活人，這是何等的幸運，誰還在乎成為真正活人之後的處境？」

巴圖抿着嘴，不出聲，我安慰他：「也不至於如此差，是不是？」

老狐狸提高了聲音：「更差，我的面目，是由一支無形的筆，在畫布上一筆一筆畫出來的，畫成什麼樣，全由不得我自己作主，作主的那枝筆——是握住了那支筆的手，是指揮那隻手行動的腦！」

我也默默無語，老狐狸和巴圖都不由自主，喘着氣，過了一會，我才用無可奈何的口吻道：「嚴格來說，每個人都一樣。」

巴圖點頭：「廣義來說是如此，但我們的感受最直接，所以，也最想……反抗。為什麼愈是控制嚴密的組織，愈多雙重身分的人和叛徒？人生來是自由的、自我的，束縛與壓制的力量愈大，反抗的意願也愈強，有時，甚至沒有目的，只是為反抗而反抗！為突破而突破，為改變而改變！」

他說到後來，聲音十分嘶啞，可知心情之激動。

當晚坐到深夜，三個成年男人，各有非凡的經歷，在這樣的情形之下，交換對人生的看法，在我這十多年來的生活之中，可說從來也未曾有過，而且地點又是在黑海之濱，真是意料不到。

第二天中午時分，就在一家中型規模療養院中，找到了那位將軍——他的名字十分長，欺負他早已無權無勢，稱他老將軍就算了。

醫院方面看了老狐狸的證件，自然沒有話說，找來了主診醫師，值班護士長，護士長看了看表：「現在是他午飯後的休息時間，他喜歡在土崗子的那株樹下看海，我帶你們去。」

我們三人互望一眼，都掩不住內心的喜悅，因為一樁天大的秘密，可能就此揭開。

醫院有很大的花園，土崗是一個小小的半島，突出在海面，在土崗上，三面環水，土崗上有幾株大樹，有不少坐在輪椅上的老人，望着大海，互相之間，也並不交談。

護士長把我們帶到了一個雖然坐在輪椅上，但是仍然覺得他身形高大的老人面前，老人緩緩轉過頭，向我們望來，目光相當遲緩，但還有着一股陰森懾人的光芒，而且他顯然絕不糊塗，因為他一看到老狐狸，就震動了一下，自喉間發出了一下渾濁不清，意義不明的聲響。

老狐狸直趨向前，向他行了一個軍禮：「將軍，還記得我？」

老將軍眼珠轉動，滿是皺紋的臉上，現出狡猾的神情：「記得……你在蒙古草原……多久了？後來計劃停止了，有人通知你？」

老狐狸的臉色，變得十分難看：「計劃……完成，自然停止了！」

老將軍嘿嘿乾笑着，不置可否，老狐狸吞了一口口水：「將軍，元帥……墜機未死……究竟是怎麼一回事？」

老將軍一聽，咯咯笑起來，他真的笑得十分歡暢，可是喉際痰多，笑聲聽來十分怪異，他一面笑，一面身子聳動：「這是一個大秘密，你怎麼可以隨便問？」

老狐狸的神態堅決：「我必須知道。」

老將軍向我和巴圖斜睨了一眼，剎那之間，他態度轉變之快，令我們不敢相信——後來，自然知道原因再簡單也沒有。

老將軍笑道：「被空對空飛彈擊中的飛機，如何會有什麼生還者？」

我「啊」地一聲：「根本沒有生還者……一切……全是煙幕？」

老將軍向我眨着眼：「如果在被擊落前，先有人跳傘逃生，自然他可以生存！」

我們三人一起吸了一口氣，老將軍瞇着眼：「求急電訊第一時間送到我手裏，我就作了決定：元帥可以逃生，其他人聽天由命，在元帥跳傘之後五分鐘，對方的追擊飛彈已經追上了。」

老狐狸想說什麼，被老將軍阻止：「我第一時間趕到，把他帶到莫斯科，知道這個人生還的人，甚至不是政治局委員的全部，只有七個人，因為他和他所知的，以及他帶出來的文件，實在太重要了。我們七個人商議了很久，又聽了他提供的許多情報，也知道各方面的人都在找他，尤其是他們自己人，所以，才決定和西方世界聯絡，西方世界知道真相的，只有三個人。那一年，有一次高峰會議……」

巴圖發出了一下如同呻吟似的聲響來，同時也吁了一口氣：至少水銀將軍不會是那三個人之一，水銀沒有出賣他。

老將軍提起當年的事，十分興奮：「一連串的方案訂下來——」他指着老狐狸：「你參與了其中主要部分，和西方首腦商量的結果是，元帥提供的資料，不作任何處理，順其自然發展，對我們和西方都有利，所以，秘密一直是秘密。」

我壓低了聲音問：「元帥現在還活着？」

老將軍並沒有直接回這問題：「人老了總要死，布列日涅夫同志死了……現在，只有我和葛羅米柯還在生，葛羅米何當了最高蘇維埃主席，好笑得很，是他，想起了要把整件事在原計劃上結束掉，但是那一方面的特工，還在不斷製造事端，其實，照我的意思，把元帥推到幕前去，一個十年來沒有一兵一卒的元帥，已經夠可憐的了，可是一個擁有十年前最機密情報的人，更可憐！」

我們三人，一時之間，有點不明白老將軍那樣說是什麼意思，他忽然向着一邊，大聲叫着一個俄國人的名字，又轉頭對我們說：「那是當年，他參加斯太林格勒戰役的俄國名字。」

一聽得他這樣講，我只覺得身子僵直，循老將軍的視線看去，只見在不遠處，一個護士，推着一張輪椅，轉過來，向老將軍走來。輪椅上坐着一個老人，戴着一頂絨線帽子，顯是東方人，看來精神不振，眼睛半睜半閉，可是那一雙倒吊眉，喪門眼，看得我指着他，一句話也說不出來。

老將軍像是作了一個成功的惡作劇，十分高興：「看，十年，元帥也老了。」

護士把輪椅推到了這裏，我絕想不到，會那麼輕而易舉就見到了這個蹤迹成謎，引起了人類歷史上最大間諜戰的元帥！

巴圖和老狐狸也傻了，不知道發生了什麼事，眼前這個人，不知知道多少頂級的秘密！怎麼就這樣輕易在人前露面？

元帥向老將軍打一個招呼，老將軍笑着，仍然叫着他的俄國名字：「你所知的秘密，說一兩件給這三個聽聽。」

元帥惱怒：「那是天大的秘密，怎麼能亂說？」

老將軍眨着眼：「你不說一兩樁，他們說你是假冒的，根本不是元帥，也沒有什麼秘密！」

看來老將軍這樣激元帥，不是第一次了，元帥立時悶哼一聲：「假冒的？我知道的秘密，說出來，嚇死他們！我知道，老頭子只要一死，那女人就立刻會受逮捕，一切早就計劃好了。」

他說着，昂着頭，一副不可一世的樣子，那是一個自以為掌握了人類大秘密的人的一種自以為高人一等的姿態。可是我們一聽，都不禁怔呆。

這算是什麼秘密？

「老頭子一死，那女人就會受到逮捕」，這已經是舉世皆知的事實，怎麼算秘密？

可是，怔呆只維持了幾秒鐘，我們就明白了！

在事情沒有發生之前，那自然是天大的機密，要是泄漏出去，「老頭子」、「那女人」，都可以事先作準備，做反抗，進行部署，先下手為強，那麼，局勢就會發生天翻地覆的變化！

可是，如今事情已經發生了，秘密也就變得一文不值。

剎那之間，我們也都明白了老將軍何以對我們說那麼多，又可以隨便把元帥叫來，因為十年過去了，十年前的天大秘密，如今已全是人盡皆知的事，還有什麼狗屁秘密可言？

這個只有十年前秘密資料的元帥，根本已經一點價值都沒有，俱往矣，古今多少事，都付笑談中——成為笑談中的事，還有什麼秘密？

我們三人同時想到這一點，同時心頭駭然，也同時哈哈大笑起來。

在我們的大笑聲中，元帥怒道：「我知道所有秘密！」

我向後退了一步：「是，你知道所有秘密！」

我向巴圖和老狐狸做了一個手勢，我們幾乎半秒鐘也沒有再耽擱，就一起大踏步向外走去。

走出療養院的大門，巴圖才道：「老將軍的話對，把元帥推出來，大家才知道他這個人，根本什麼價值也沒有了！」

老狐狸悶哼：「有的人腦筋不清楚，才使巴圖第二次進入圖畫！」

巴圖微笑：「第二次，比第一次有趣得多了，她叫什麼名字？卡諾娃少校？」

我們都笑。

把良辰美景帶回來，我對白素說及經過時，道：「有很多看來是意料之外的結果，實在再正常也沒有，簡單的道理放在那裏，想不到就是想不到。十年前的秘密，在十年後，一文不值。」

白素側着頭，想了一會：「當時，知道秘密的，只有十個人？」

我道：「據稱如此！」

白素道：「那十個人作了『聽其自然』的決定，十分正確，不然，有一部分人類歷史要改寫。」

我點頭，表示同意，良辰美景嚷了起來：「原來一點也不幻想，現實得很，無趣之極。」

我沒有理她們，只是想起巴圖說：「衛斯理，這次人進入畫中，雖然只是俄國人的把戲，但我在巫術研究院三年，知道真有使人進人畫中的巫術。」

我表示存疑，你呢？

（全文完）

衛斯理小說典藏版　52

謎蹤

作　　者：　衛斯理（倪匡）
責任編輯：　林詠群　　蔡靄華
封面設計：　李錦興
出　　版：　明窗出版社
發　　行：　明報出版社有限公司
　　　　　　香港柴灣嘉業街18號
　　　　　　明報工業中心A座15樓
電　　話：　2595 3215
傳　　真：　2898 2646
網　　址：　https://books.mingpao.com/
電子郵箱：　mpp@mingpao.com
版　　次：　二〇二二年八月初版
I S B N：　978-988-8828-01-2
承　　印：　美雅印刷製本有限公司